Anja Fröhlich

Wir Kinder vom Kornblumenhof

Ein Schwein im Baumhaus

Band 1

Mit Illustrationen von
Ulla Mersmeyer

Ravensburger

Bibliografische Information der Deutschen Nationalbibliothek:
Die Deutsche Nationalbibliothek verzeichnet diese Publikation
in der Deutschen Nationalbibliografie.
Detaillierte bibliografische Daten sind im Internet
über *http://dnb.d-nb.de* abrufbar.

MIX
Papier aus verantwortungsvollen Quellen
FSC® C111262
www.fsc.org

3 4 5 6 D C B A

Postfach 2460, 88194 Ravensburg

Umschlag- und Innenillustrationen: Ulla Mersmeyer
Logogestaltung: Anna Rohner & Ulla Mersmeyer
Lektorat: Jo Anne Brügmann

Printed in Germany

ISBN 978-3-473-40315-8

www.ravensburger.de

Inhalt

1

Schokotörtchen und Müffelkäse

Darf ich vorstellen: Familie Schluckewitz. Dass wir alle so heißen, ist leider kein Witz. Papa hat uns diesen Nachnamen eingebrockt. Damals, als Mama und Papa geheiratet haben, wollte er ihn unbedingt behalten. Obwohl wir genauso gut Mamas früheren Namen hätten haben können. Die hieß mal Verwesel.

Doch Papa hat gesagt: „Da schluck ich lieber einen Witz, als für immer ein Esel zu sein!“

Mama lächelt nur, wenn Papa blöde Witze macht. Sie lebt nach dem Motto: Der Klügere gibt nach. Für sie ist das bequem. So ist sie selbst immer die Klügste und gleichzeitig braucht sie mit niemandem rumzustreiten.

ich (Mai)
Gusti
Michael
Sabine
Helga
Henry
Johannes
Lol

Vielleicht ist das der Grund, warum Mama und Papa sich so gut verstehen.

Angeblich wussten sie schon beim allerersten Treffen, dass sie zusammengehören. Sie haben sich übrigens bei einer Kostümparty kennengelernt. Weil sie vergessen hatten, sich zu verkleiden, mussten sie das einzige Kostüm nehmen, das noch irgendwo rumlag: ein Pferd.

Mama war das Vorderteil und durfte aufrecht stehen. Papa war das Hinterteil und musste sich den ganzen Abend vorgebeugt an Mamas Hüften festhalten. Aber sie waren angeblich ein tolles Team.

Ein Jahr später haben sie geheiratet. Und sie wollten zusammen die tollsten Kinder der Welt bekommen. Außerdem sollten ihre Kinder die schönste Kindheit aller Zeiten haben. Das haben sich Mama und Papa fest vorgenommen. Und darum haben sie kurz nach der Hochzeit diesen riesigen alten Bauernhof gekauft. Zusammen mit Papas Bruder, Mamas Schwester und Papas Eltern.

„Du wusstest doch gar nicht, was für Kinder ihr mal bekommt“, habe ich zu Mama gesagt, als sie uns das neulich beim Mittagessen erzählt hat. „Wir hätten auch ganz anders sein können. Fernseh-Kinder zum Beispiel. Wir hätten auch allergisch sein können. Gegen Tierhaare oder gegen Gras."

„Ich bin all-ärgerlich gegen Schweine-Kaka", meinte Lolli. Sie geht noch in den Kindergarten und liebt Pipi-Kaka-Gespräche über alles.

Aber Mama hat behauptet, sie wäre sich damals schon ganz sicher gewesen, genau uns drei Kinder zu bekommen.

„Bullshit!", rief mein Bruder Henry, der schon in die fünfte Klasse geht und gerade an seinem neuen Handy herumfummelte. „Gar nix habt ihr gewusst. Ihr wolltet den Hof, weil ihr Landeier seid!"

„Bullshit ist Kaka von Bullen", erklärte uns Lolli.

Da wurde Papa wütend und meinte: „Wer noch einmal ein Wort in den Mund nimmt, das andere im Hintern tragen, der fliegt raus!"

Wie auch immer, Mama hatte recht. Denn wir haben hier die glücklichste Kindheit, die ich mir vorstellen kann! Weil es auf unserem Hof mindestens so viele Tiere gibt wie in einem Zoo. Nur unsere Tiere darf man anfassen. Und die meisten kann man auch knuddeln oder sogar eigenhändig melken. So wie Miss Elsa und Madame Butterfly, unsere Kühe. Deren Euter sehen aus wie riesige rosa Gummihandschuhe, aus denen jemand fette Wasserbomben gemacht hat. Und wenn sie so richtig voll Milch sind, dann kann man an den Fingern der vollgefüllten Gummihandschuhe zupfen und es kommt einem ein winziger Strahl entgegen. So wie aus der Munddusche, mit der Oma Helga ihr Zahnfleisch schön frisch und knackig hält.

Butterfly heißt übrigens nicht Butterfliege, sondern bedeutet Schmetterling. Dass sich Madame Butterfly eines Tages wie eine dicke, fette Raupe in einen riesigen Schmetterling verwandelt, ist allerdings unwahrscheinlich.

Mein Lieblingstier ist übrigens Pavarotti, unser Zwergesel, der in seinem vorherigen Leben Opernsänger war. Jedenfalls schreit er immer mit, wenn Opa Johannes bei offenem Fenster Opern hört. Ansonsten ist er ziemlich faul und liegt in der Hängematte, die zwischen zwei alten Eichen gespannt ist. Eine davon ist so dick, dass wir ein extralanges Seil brauchten, um sie umschlingen zu können. Sie steht direkt an der Scheune und Papa meint, wenn die Eiche noch einen Zentimeter dicker wird, dann sprengt sie uns ein Loch in die Scheunenwand.

Neben der großen Scheune steht das Haus von Opa Johannes und Oma Helga. Eigentlich ist es gar kein richtiges Haus, sondern eher ein Hutzelhäuschen.

Wenn Pavarotti in seinem vorherigen Leben ein Opernsänger war, dann war Omas und Opas Häuschen in seinem vorherigen Leben ein Puppenhaus. Papa muss sogar den Kopf einziehen, wenn er durch die Tür gehen will.

Aber in der winzigen Küche backt Opa die leckersten Schokoladentörtchen der Welt. Bei offenem Fenster und bei Opernmusik. Sie sind außen ganz knusprig, als hätten sie eine Kekshaut. Und innen sind sie noch fast flüssig. Wenn man also die Knusperhaut durchbrochen hat, dann kommt die noch warme und duftende Schokolade ganz, ganz langsam herausgeflossen. So als würde die Zeit nur ganz, ganz langsam vergehen, weil der Augenblick viel zu köstlich ist, um ihn ruckzuck verstreichen zu lassen.

In solchen Momenten sitzen wir Kinder alle dicht gedrängt an Omas und Opas Tisch und wünschen uns, dass unsere Kindheit niemals aufhört.

Durch das kleine Küchenfenster im Hutzelhäuschen sieht man übrigens den Stall mit den ganz alten Tieren. Da wohnt Lady Milkyway, die keine Milch mehr gibt, zusammen mit ein paar alten Hennen, die keine Eier mehr legen.

Mama und Papa nennen den Bereich, in dem Oma und Opa mit den alten Tieren leben, „Gnadenhof“.

„Was ist denn Gnaden?“, wollte Lolli beim letzten Schokotörtchen-Essen wissen.

„Das heißt Gnade“, verbesserte Opa sie. „Gnade ist etwas sehr Nettes. Zum Beispiel wenn man die Alten am Leben lässt, obwohl sie niemandem mehr nützen. Dann ist man gnädig zu ihnen.“

Lolli wurde sehr ernst. Sie sah aus, als würde jeden Moment Rauch aus ihren Ohren aufsteigen, so angestrengt dachte sie nach. „Dann wollen wir zu Oma und dir auch gnädig sein“, erklärte sie. „Selbst wenn ihr eines Tages keinen Schokoladenkuchen mehr backt.“

Oma Helga hat gelacht. Aber wir anderen wurden plötzlich ganz still. Und da habe ich mir erst recht gewünscht, dass unsere Kindheit nie zu Ende geht. Und wenn doch, dass in der Zwischenzeit jemand ein Medikament erfindet, mit dem das Leben unendlich lang weitergehen kann.

Ich habe Mama schon gefragt, ob sie nicht solche Tabletten entwickeln kann. Aber die hat behauptet, es könnte kein Leben geben, wenn es kein Sterben gibt. So wie es kein warm geben kann, wenn es kein kalt gibt. „Nichts ist für die Ewigkeit geschaffen. Und daran wird sich auch nichts ändern“, hat sie gesagt.

Ich war ziemlich sauer über diese Antwort und habe behauptet, dass ich in meinem nächsten Leben auch Ärztin werde. Und dann werden wir ja mal sehen. Mama meinte, ich könnte ja auch in diesem Leben schon Ärztin werden. Aber in diesem Leben habe ich andere Pläne. Davon erzähle ich später.

Mama ist übrigens Tierärztin. Doch sie interessiert sich auch für die Gesundheit von Menschen. Manchmal habe ich das Gefühl, dass sie insgeheim alle auf dieser Welt für ihre Patienten hält. Ihre Lieblingspatienten sind natürlich Papa, Lolli, Henry und ich.

Papa ist ganz anders als Mama. Ihn interessieren Tiere mehr, wenn sie gesund sind und große Eier legen oder leckere Milch geben, aus der er dann Käse machen kann. Ich persönlich finde, man sollte die Milch lieber sofort trinken, statt sie alt werden zu lassen und in stinkigen Käse zu verwandeln. Doch die Leute, die in unserem Hofladen den Käse kaufen, sind da anderer Meinung. Je mehr der Käse müffelt, desto mehr zahlen sie für ihn. Meist sind es ältere Herren, die von weit her für diesen Käse angefahren kommen. Bevor sie ihn kaufen, halten sie ihre großen Nasen, aus denen manchmal schon Haare wachsen, an die Packungen und saugen den Geruch ein. Dann schließen sie die Augen und tun so, als hätten sie gerade an einem köstlichen Parfüm geschnuppert.

„Bah, das ist Kaka-Käse!“, hat Lolli letzte Woche einem von diesen Schnüfflern erklärt.

Papa kann es nicht leiden, wenn sich jemand über seinen Käse lustig macht. Und die Kaka-Witze von Lolli kann er noch viel weniger leiden. Darum hat sie Hofladenverbot bekommen. Papa hat gesagt, Lolli darf erst wiederkommen, wenn ihre Witze mehr Klasse haben.

„Wie sollen denn meine Witze eine Klasse haben, wenn ich selber noch in den Kindergarten gehe?“, hat Lolli protestiert. Dann ist sie abgehauen und erst zum Abendessen wieder aufgetaucht. Sie war wie vom Erdboden verschluckt.

Wir haben uns alle Sorgen gemacht und überall nach ihr geschaut und gerufen. Sogar Tante Karoline hat mitgesucht, obwohl sie eigentlich nie Zeit hat. Sie ist nämlich Lehrerin und muss gleichzeitig ihre Kinder ganz alleine erziehen. Dabei sind Sofia und Janik meistens bei uns. Mama behandelt sie fast wie ihre eigenen Kinder. Vielleicht liegt es daran, dass

Karoline und Mama Zwillinge sind, die immer alles gleich machen. Sie haben zur selben Zeit einen Jungen bekommen und zwei Jahre später noch ein Mädchen. Nur mit den Vätern ihrer Kinder haben sie es anders gemacht. Mama hat Papa behalten, während Karoline und Uwe sich irgendwann gar nicht mehr mochten. Darum konnte Karoline auch nicht mitmachen, als Mama Lolli bekommen hat.

2

Ungeheuerlichkeiten im Schweinewohnwagen

Mindestens so aufregend wie die ganze Lolli-Suchaktion war der Sonntag in der Woche danach, an dem kurz nach sieben Uhr morgens die Schweine verrückt wurden. Sie haben so laut gequiekt, dass ich davon wach geworden bin. Natürlich musste ich nachsehen, was da los war, und darum bin ich im Schlafanzug rüber zum Schweinestall gelaufen. Oder sagen wir lieber, zum Schweinewohnwagen. Denn unsere drei dicken Wollschweine wohnen in einem alten Zirkuswagen, der immer mal ein Stückchen weitergezogen wird, wenn sie die Wiese ringsherum zerwühlt und zermatscht haben. Denn obwohl unsere Schweine Damen sind, wälzen sie sich den lieben langen Tag in Pfützen und Matschgruben.

Als ich am Wohnwagen ankam, sind mir Cleopatra und Madonna im Schweinsgalopp entgegengerannt gekommen. Von der Dritten im Bunde, Fräulein Stinkewitz, war keine Spur zu sehen. Und als ich über den Zaun in ihr Gehege geklettert bin, sind Cleo und Madonna mit Karacho die kleine Rampe in ihr Häuschen hochgerast. Beim Hinterherlaufen bin ich mit meinen nackten Füßen in ein Matschloch getreten. Es hörte sich an, als wollte mich ein schmatzendes und pupsendes Erdmonster verschlingen.

Und da bekam ich es plötzlich mit der Angst zu tun. Was, wenn im Schweinestall etwas Schreckliches passiert war? Dann wäre ich vielleicht die Erste, die das sehen würde. Irgend so eine von diesen schlimmen Geschichten, von denen Onkel Bernhard manchmal erzählt. Er ist der Bruder von Papa und er hilft Gangstern und Ganoven. Natürlich nicht, wenn sie gerade etwas ausfressen, sondern erst, wenn sie geschnappt worden sind und vor einem Gericht stehen. Und weil die Gangster sich im Gegensatz zu

Onkel Bernhard nicht so gut mit den Gesetzen auskennen, sorgt er dafür, dass sie nicht härter bestraft werden als nötig. Seine Geschichten sind also voller gruseligen Taten an noch gruseligeren Tatorten. Und mir fielen plötzlich unzählige davon ein.

Doch dann bin ich einfach weitergelaufen, Grusel hin oder her. Und als ich endlich in den Wohnwagen hineinschauen konnte, musste ich mir erst mal die Augen reiben, weil ich einfach nicht glauben konnte, was ich da sah.

Fräulein Stinkewitz lag grunzend in der Ecke, während sich sieben winzige Ferkel an ihrem Bauch zu schaffen machten. Cleopatra und Madonna schauten mich an, als wäre das eine Ungeheuerlichkeit und als müsste ich sofort die Polizei rufen. Ich bin stattdessen wieder rausgerannt und habe alle Namen unserer riesigen Familie gerufen. So laut ich konnte!

Fünf Minuten später waren ein paar von ihnen gekommen. Die anderen waren wohl entweder ein bisschen schwerhörig, wie Oma und Opa, oder ein bisschen faul, wie Tante Karoline, Tante Bianca und ihre Zwillinge Katharina und Karl-Phillip.

Tante Biancas Mann, Onkel Bernhard, quetschte sich dagegen als Erster ins Schweinehaus. Wenn irgendetwas passiert, ist er immer am schnellsten am Tatort. Dann kamen Lolli und Henry, Mama und Papa, und Sofia und Janik.

„Na, das ist ja mal was!“ Onkel Bernhard zupfte an seinem Ziegenbärtchen und raufte sich dann das zottelige Haar. „Warst du etwa Zeugin von dem Vorfall?“, fragte er mich.

„Wo sind die denn alle hergekommen?“, unterbrach ihn Lolli.

„Na wo schon, aus dem dicken Stinkewitz-Bauch natürlich“, erklärte Henry.

„Und wer bitteschön soll der Papa der Babys sein?“ Lolli sah Henry streng an.

Sie hatte recht. Es gab gar keinen Schweinemann auf unserem Hof.

Als keiner antwortete, zuckte Lolli mit den Schultern. „Egal. Dann wird Fräulein Stinkewitz eben eine alleinerziehende Mama. So wie Tante Karoline. Die hat ja auch Kinder ohne einen Mann bekommen.“

„Hat sie nicht“, hat Mama schnell geantwortet. „Man kann Kinder zwar alleine großziehen, aber nicht alleine zeugen.“

„Dann ist also Mai der Papa“, rief Lolli und sah mich mit demselben Ungeheuerlichkeits-Blick an, mit dem Cleopatra und Madonna mich empfangen hatten.

„Wieso sollte ich denn der Vater sein?“, fragte ich verwirrt.

„Onkel Bernhard hat doch gesagt, du warst Zeugin. Also hast du sie gezeugt“, sagte Lolli.

Da mussten alle lachen. Alle außer Lolli, die es nicht leiden kann, wenn sie Witze macht, die sie als Einzige nicht versteht.

„Vielleicht ist ja mal ein Wildschwein-Mann zu Besuch gekommen“, habe ich gesagt. „Dann hätten wir jetzt sieben wilde Wollschweine.“

Da haben alle den Kopf geschüttelt. Aber es wurde ganz still.

Was, wenn doch? Wenn sich doch so ein wilder Eber unter dem Zaun hindurch ein Loch gebuddelt hatte?

Klar wollten wir alle die Babys auf den Arm nehmen. Aber Mama hat es nicht erlaubt. Wir müssten warten, bis die Ferkel größer wären, hat sie gesagt. „Erst mal gehören sie nur der dreckigen Fräulein Stinkewitz.“

3

Sieben Lebensretter im Großeinsatz

Am Montag kamen wir in unseren Schlafanzügen in die Küche. Papa machte uns sein berühmtes Einerlei. Das sind Rühreier, in die er Reste aus der hintersten Ecke des Kühlschranks reinmogelt. Einerlei, was es ist.

„Was ist denn heute drin?“, wollte Henry wissen.

„Ist doch einerlei“, brummte Lolli. „Schmeckt doch sowieso nicht.“

Papa warf ihr einen seiner scharfen Blicke zu.

„Ich hab kein Pipi-Kaka gesagt!“, antwortete Lolli. Dann grinste sie, weil sie es nun doch ausgesprochen hatte, ohne dass Papa ihr böse sein konnte.

Tatsächlich schmeckte das Einerlei fürchterlich. Als Papa sah, wie wir auf unseren Tellern herumstocherten, bekam er diese kleine Falte zwischen den Augenbrauen. Mama nennt sie immer Zornesfalte.

„Wo ist eigentlich Mama?“, fragte ich. „Macht sie uns heute keine Smoothies?“

„Sind wir hier im Altersheim oder was? Habt ihr keine Zähne mehr?“ Papa schnappte sich die Pfanne und kippte das restliche Einerlei in den Mixer. Dann ließ er das Gerät aufheulen. Was übrig blieb, war ein Häufchen hellbraune Matschepampe. Die füllte er in die goldenen Kaffeetässchen, die Mama nur zu Weihnachten und zu Geburtstagen aus dem Schrank holt.

„Sieht wie Durchfall aus“, flüsterte Lolli mir zu. „Durchfall in goldenen Tassen.“

„So meine Damen und Herren, bitteschööön!“ Papa servierte uns die Matsche, als wäre sie eine Delikatesse.

„Wo ist denn nun Mama?“, fragte ich.

„Eure Mutter ist im Schweinestall“, erklärte Papa

und nippte an einem der Tässchen. „Mmmm“, sagte er. Aber beim Schlucken sah man seinen Adamsapfel. Wie ein stockender kleiner Aufzug rutschte er langsam an seinem Hals hoch und wieder runter. Auch er schien Mühe mit dem Einerlei zu haben.

„Warum ist sie so früh bei den Schweinen?“, fragte Henry. „Ich dachte, sie bringt uns gleich zur Schule?“

„Ich bringe euch heute. Mama wird von Fräulein Stinkewitz gebraucht. Die hat eine Zitzen-Entzündung oder so was Ähnliches. Frauensache.“

„Sie hat waaaas?“, riefen Henry, Lolli und ich im Chor.

„Keine Ahnung, Milchstau glaube ich. Mama behandelt sie gerade. Und sie möchte dabei nicht gestört werden.“

Die Worte „nicht gestört werden“ hörten wir kaum noch, denn bei dem Wort „Milchstau“ waren wir alle drei aufgesprungen und losgelaufen.

„In einer halben Stunde ist Abfahrt!“, rief Papa noch hinter uns her.

Im Schweinewohnwagen hockte Mama bei Fräulein Stinkewitz und fingerte an ihren prall gefüllten Zitzen herum. Aber der Stinkewitz schien das nicht zu gefallen. Sie war unruhig und grunzte böse, während ihre Babys schlapp in der Ecke lagen.

„Gut, dass ihr kommt!“, rief Mama. Sie hatte rote Flecken im Gesicht und am Hals. „Wenn die Stinkewitz die Kleinen nicht mehr ranlässt, müssen wir ihnen die Flasche geben. Und zwar bald.“

Mama sah aus, als wäre das eine richtig schlechte Nachricht. Aber ich konnte mir gar nichts Schöneres vorstellen, als so ein winziges Schweinchen auf dem Arm zu halten, das mit seinem noch winzigeren Mäulchen an einer Flasche nuckelte. Ein bisschen schämte ich mich, weil es Fräulein Stinkewitz ja wirklich schlecht ging und ihren Babys auch. Und weil ich nichts Besseres zu tun hatte, als mich zu freuen. Aber ich konnte nicht anders.

„Ich gehe heute nicht in den Kindergarten!“, rief Lolli. „Ich bleibe hier und werde Schweinemama von echten Schweinen.“

Seltsamerweise willigte Mama ein und zwanzig Minuten später hatte sie drei Fläschchen vorbereitet.

Henry, Lolli und ich nahmen uns ein schlappes Schweinchen nach dem anderen vor. Die meisten waren so träge, dass sie lieber schlafen wollten, als sich mit dem Nuckel zu beschäftigen. Aber wenn man ihnen ein paar Tropfen in den Mund spritzte, dann bissen sie langsam an. Sie tranken sich richtig fit und am Ende schmatzten und saugten sie an den Fläschchen, als wären sie mit flüssigen Schokoladentörtchen gefüllt.

„Vielleicht können wir ja auch Papas Einerlei in die Fläschchen tun", schlug Lolli vor. „Oder wir geben es Fräulein Stinkewitz."

Die Arme wurde immer noch behandelt. Mama versuchte tatsächlich, Milch aus den Zitzen zu drücken, während die Stinkewitz versuchte, sich dagegen zu wehren.

„Ist ja gut!" und „Alles wird gut!", sagte Mama immer abwechselnd.

Als Papa kam, saßen wir drei immer noch im Schlafanzug im Schweinestall. Er riss die Augen auf und den Mund gleich mit. „Was ist denn hier los?", rief er. „Wir müssen fahren!"

„Ich brauche die drei heute als Assistenten", erklärte Mama.

„Schon mal was von Schulpflicht gehört?" Papa guckte Mama fast so scharf an wie Lolli vorhin bei der Einerlei-Meckerei.

Aber Mama schaute mit diesem Blick zurück, gegen den Papa machtlos ist. Es ist der Blick, mit dem sie Pralinen zum Schmelzen bringen kann. „Du hast recht, die Schulpflicht", sagte sie. „Aber heute steht die Lebensretter-Pflicht an erster Stelle!"

Papa trat von einem Bein auf das andere und schnappte nach Luft. „Das ist kein Bauernhof, das ist ein … ein Irrenhof", stöhnte er und ging zurück zum Haus.

Kurze Zeit später schauten Sofia, Janik, Katharina und Karl-Phillip zur Stalltür herein.

„Onkel Michael sagt, hier gibt's Leben zu retten!", rief Janik.

Sofia zählte in der Zwischenzeit die Ferkel. „Das sind ja genau sieben! Für jeden von uns Kindern eins."

Und Karl-Phillip behauptete, dass frisch geborene Tiere in den ersten Stunden ihres Lebens jeden für ihre Mutter halten würden, der ihnen zu trinken gebe. Das nenne man „prägen".

„Dann dürfen wir alle Schweinemama von einem der sieben Babys werden. Das ist doch gerecht!", rief Lolli.

Jetzt stöhnte auch Mama. Aber gegen Gerechtigkeit konnte sie schlecht etwas sagen. Also sagte sie nur: „So sei es denn!", und bereitete weitere Fläschchen vor.

4

Ein Ferkel in Puppenkleidern

Wer hätte gedacht, dass ein Tag im Schweinestall einer der schönsten Tage im Leben sein kann? Obwohl es ganz schön eng war und ganz schön müffelte.

Wir saßen an den Wänden und jeder war damit beschäftigt, seinen Säugling zu füttern, ihm einen Namen zu geben und ihn heimlich auf die Nase zu küssen, die aussah wie eine Steckdose aus einem Puppenhaus.

Janik fand, dass wir den Ferkeln unsere eigenen Namen geben sollten. „Dann kommen wir nicht durcheinander!“

Aber Henry war nicht begeistert. „Schlimm genug, dass ich Schluckewitz heißen muss. Jetzt möchte ich nicht auch noch meinen Vornamen mit einem Schwein teilen."

„Wir können doch die Namen der sieben Zwerge aus *Schneewittchen* nehmen", schlug ich vor.

„Alles klar, und du bist dann Schneewittchen oder was?", knurrte Henry.

„Motzbrocken!", knurrte Lolli zurück.

Henry macht wirklich manchmal blöde Sprüche. Aber dass er das noch nicht einmal an so einem Lieblingstag sein lassen konnte, das fand ich ja total daneben!

Vielleicht lag es daran, dass er Ärger in der Schule hatte. Angeblich hatte er sich mit dem Anführer einer Bande angelegt. Dieser Typ wollte, dass man Abraxas zu ihm sagte, während er seine Bandenmitglieder „Untergebene" nannte. Aber Henry wollte nicht bei dieser Bande mitmachen und schon gar kein Untergebener sein.

„Wir können die Schweine auch nach dem Märchen *Die sieben Raben* nennen", sagte ich. „Und deins heißt dann Abraxas."

„Ha ha!" Henry warf mir einen seiner Giftblicke zu. Er glaubte wohl, dass er mir damit Angst einjagen konnte. Aber wer hat schon Angst vor seinem Bruder?!

Wir einigten uns darauf, dass jeder seinem Wollschwein einen eigenen Namen geben konnte. Ich nannte meins Frau Merkel, weil ich hoffte, dass es mal die Chefin von unserer Schweine-Bande wird. Eine ruhige dicke Chefin.

Damit wir die Babys auseinanderhalten konnten, gab Mama uns ungiftige Farbe, mit der wir die winzigen Ringelschwänzchen anmalen konnten. Frau Merkel bekam einen orangen Schwanz.

Lolli, die neben mir saß, suchte sich Schwarz aus. „Frau Merkel ist ein Oma-Name“, sagte sie. „Nenn dein Schwein doch lieber Stinkie oder Schweini oder so.“

Doch dann nannte sie ihr eigenes Ferkel Frau Müller – so heißt ihre Lieblings-Kindergärtnerin.

„Das ist aber nur ihr Nachtname“, erklärte Lolli. „Am Tag nenne ich sie Lakritz. Weil ihr Schwänzchen aussieht wie eine Lakritzschnecke.“

„Das heißt nicht *Nacht*name, das heißt *Nach*name“, rief Katharina aus der anderen Ecke des Zirkuswagens. Sie hat ihre Ohren überall. Und immer wenn es etwas zu verbessern gibt, dann schlägt sie Alarm.

„Dein Schwein heißt bestimmt Tante Besserwisser!“, rief Lolli zurück.

Da verdrehte Katharina die Augen und sagte nichts mehr.

Mittags waren die kleinen Wollschweine hellwach und stolperten aufgeregt durch die Gegend. Mit ihren Streifen auf dem Rücken sahen sie aus wie Baby-Sträflinge.

Fräulein Stinkewitz hatte von Mama eine Spritze bekommen und schlief.

„So, meine vielen Mitarbeiter haben eine kleine Pause verdient!“, sagte Mama.

Wir gingen zurück ins Haus, wo Papa für alle eine Gemüsesuppe gekocht hatte.

Im Gegensatz zum Einerlei war seine Gemüsesuppe ganz lecker.

Nur Lolli mochte sie nicht. „Ich will meine Buchstabensuppe!“, protestierte sie.

„Glaubst du, du lernst lesen, wenn du Buchstaben isst?“, brummte Papa. Er hatte immer noch schlechte Laune. „Nur weil du sie dir in den Kopf steckst, heißt das noch lange nicht, dass sie im Kopf bleiben. Die rutschen sofort runter in den Bauch und in deinen Magen und deinen Darm.“

„Dann mach ich halt Pipi-Kaka-Witze draus. Witze bestehen nämlich auch aus Buchstaben, falls ihr es noch nicht wusstet“, erklärte Lolli.

Nach dem Essen sollten Henry und ich unsere Freunde anrufen und fragen, was wir heute in der Schule verpasst hatten. Und dann sollten wir Hausaufgaben machen und sie Papa zeigen, bevor wir wieder raus durften. Lolli durfte derweil aus ein paar trockenen Buchstaben-Nudeln ihren Namen legen.

Als wir nachmittags wieder zurück zu den Schweinebabys kamen, lief Frau Merkel direkt auf mich zu. Wie ein kleiner Hund. Sie wedelte sogar mit dem orangen Ringelschwanz. Vielleicht hatte Karl-Phillip recht. Vielleicht hielt sie mich wirklich für ihre Mutter!

Fräulein Stinkewitz ging es schon besser. Sie hatte die Kleinen ein bisschen trinken lassen.

„Langsam läuft's wieder“, sagte Mama.

Wir hielten alle die Luft an und starrten mit großen Augen auf die Stinkewitz, die jetzt wieder wach war und ganz ruhig dalag, während jeder von uns eines ihrer süßen Ferkel auf dem Arm hielt.

„Trotzdem brauchen sie zwischendurch noch die Flasche“, erklärte Mama weiter.

Wir atmeten auf. Alle gleichzeitig, sodass man es richtig hören konnte.

„Na, ihr seid mir ja schöne Assistenz-Ärzte. Das Wohl des Patienten sollte immer an erster Stelle stehen!“, ermahnte uns Mama.

„Na ja, genaugenommen ist Fräulein Stinkewitz ja nur deine Patientin“, erklärte Katharina. „Wir sind für die Babys zuständig. Und die wären bestimmt traurig, wenn sie jetzt zu siebt nur noch eine Mama hätten. Immerhin sind sie daran gewöhnt, noch eine Extra-Mama ganz für sich alleine zu haben.“

Als ich abends im Bett die Augen zumachte, sah ich immer noch kleine gestreifte Schweinchen mit bunten Kringelschwänzchen herumwuseln. Ich war viel zu aufgeregt, um einzuschlafen. Darum war ich auch immer noch wach, als plötzlich die Tür einen Spalt aufging.

Es sind bestimmt Mama und Papa, die vor dem Schlafengehen noch mal reinschauen, dachte ich. Wenn ich noch nicht schlafe, tue ich meistens so als ob. Die beiden bleiben dann nämlich einfach stehen und der eine sagt ganz leise zum anderen: „Guck doch mal!" Sie hören sich dann richtig stolz an. Viel stolzer als tagsüber.

Doch heute hörten sich ihre Schritte irgendwie anders an. Seltsam tapsig. Und sie wurden von einem Quietschen begleitet. Sekunden später hob jemand meine Bettdecke an und legte sich ganz vorsichtig neben mich.

„Glaubst du, ich merke es nicht, wenn sich jemand unter meine Decke legt?", rief ich.

Lolli fiel vor Schreck fast aus dem Bett. „Ich wollte dich nicht stören", flüsterte sie.

„Was wolltest du denn?"

„Ich wollte nur ein bisschen kuscheln."

Ich schaute in Lollis Gesicht, das wegen der Nachtlampe in meinem Zimmer grün und etwas gruselig aussah. Neben dem Bett hatte Lolli ihren Puppenwagen geparkt. Das erklärte das Quietschen.

„Wieso hast du Trine mitgebracht?", fragte ich.

„Das ist nicht Trine, das ist nur ihr Wagen."

„Und warum hast du Trines Wagen mitgebracht?"

„Damit er nicht so alleine ist."

Ich schaute in Lollis grünes Gesicht. Dann zog ich

den Wagen noch ein Stückchen näher ans Bett. Es war wirklich nicht Trine, die da drin lag. Sondern Frau Müller. Und zwar in Trines Puppen-Windel und der Jacke, die Oma für Trine zu Weihnachten gestrickt hatte.

Einen Moment dachte ich, Frau Müller könnte gestorben und Lolli wahnsinnig geworden sein. Aber das lag wohl nur an dem Licht. Dann sah ich, wie die Puppenjacke sich ganz leicht aufplusterte und wieder in sich zusammenfiel. Frau Müller atmete.

„Du bist echt verrückt!", zischte ich. Leise genug, damit Frau Müller nicht aufwachte. Aber scharf genug, damit Lolli einen kleinen Schreck bekam. „Du kannst sie doch nicht mit ins Haus nehmen! Die Ferkel müssen alle zwei Stunden trinken. Und überhaupt gehört Frau Müller nicht in einen Kinderwagen. Sie ist ein Tier und keine Puppe!"

Lolli guckte mich böse an. „Ich bin ihre Mama, ich weiß am besten, was für sie gut ist. Außerdem kann ich sie ja wieder zurückbringen, wenn sie wach wird und Durst bekommt."

„Dann bist du doch längst eingeschlafen und bekommst gar nichts mehr mit. Du hörst doch noch nicht mal die Knaller an Silvester, so tief schläfst du immer."

Jetzt war Lolli doppelt beleidigt. Erstens, weil ich an ihrer Mutter-Tauglichkeit zweifelte, und zweitens, weil sie immer Silvester verschläft, obwohl sie so gerne mal das Feuerwerk sehen würde.

„Dann bring du sie doch zurück", brummte sie und drehte sich von mir weg. Samt meiner Decke.

5

Nachtausflug mit Kuchen

Obwohl das mal wieder gar nicht gerecht war, brachte ich Frau Müller wirklich zurück. Als ich sie ganz vorsichtig aus dem Puppenwagen hob, war auch noch ihre Windel ausgelaufen. Darum legte ich sie schnell wieder zurück und trug sie im Wagen die Treppe runter. Mama und Papa waren noch wach und redeten im Wohnzimmer. Ihre Stimmen hörten sich nicht besonders gemütlich an.

„So geht es jedenfalls nicht weiter“, hörte ich Papa sagen. „Die Kinder brauchen ein paar klare Ansagen. Guck dir Henry an. Was der sich alles rausnimmt!“

Kurz überlegte ich, was Henry wo rausgenommen hatte. Hatte er sich etwa aus Omas geheimer Super-Keksdose bedient?

Da schoss Mama auch schon dagegen. Und zwar nicht mit Zuckerstimme. „Jetzt hör doch auf! Du warst in dem Alter viel schlimmer. Jedenfalls wenn das stimmt, was deine Eltern so erzählen. Gegen dich ist Henry ein Waisenknabe."

Eigentlich hätte ich mich schnellstens aus dem Staub machen sollen. Doch ich stand wie angewurzelt vor der Haustür. Was meinte sie nur mit Waisenknabe? Henry ist doch kein Waisenkind!

„Ach, meine Eltern", stöhnte Papa. „Jetzt machen sie auf lieb und verständnisvoll. Aber damals haben die ordentlich durchgegriffen. Und das hat auch nicht geschadet. Ich sage dir, Henry sehnt sich danach, dass jemand ihm sagt, wo es langgeht. Und Lolli ehrlich gesagt auch!"

Bevor Papa auch noch irgendetwas Blödes über mich sagen konnte, schlüpfte ich schnell aus der Tür. Ich schob den Puppenwagen in Richtung Villa Vanilla, wo Tante Karoline mit Sofia und Janik wohnt. Die Villa Vanilla ist zwar auch ein altes Bauernhaus, aber Karoline hat es vanillefarben angestrichen, genauso wie die riesigen Blumentöpfe davor, in denen Oliven- und Zitronenbäume wachsen.

Aus Sofias Fenster hängt immer eine fast unsichtbare Angelschnur, die mit ihrer alten Spieluhr verbunden ist. Wenn man daran zieht, dann öffnet sich die Uhr und eine Balletttänzerin mit nur noch einem Bein beginnt sich zu einem traurigen kleinen Lied zu drehen. Aber nur, wenn das Fenster einen Spalt offen steht und wenn die Uhr aufgezogen ist.

Ich hatte Glück und Sofia hörte mich. Sie machte mir Zeichen, dass sie gleich runterkommen würde.

In der Zwischenzeit schaute ich noch mal nach Frau Müller. Das kleine Schweinchen schien von seiner Mama zu träumen. Es schmatzte und nuckelte in der Luft herum.

„Meinst du, Mama und Papa sind nicht Henrys echte Eltern?“, fragte ich Sofia, als sie endlich aus der Haustür geschlichen kam.

„Wie kommst du denn da drauf?“

„Na, weil Papa eben zu Mama meinte, für ihn wäre Henry ein Waisenkind.“

„Hat er *für ihn* gesagt? Oder *gegen ihn*?“

„Gegen ihn? Keine Ahnung. Vielleicht hat er auch gegen ihn gesagt. Aber das hört sich doch komisch an ...“

Sofia meinte, nicht alles, was Erwachsene sagen, würde sich gut anhören. „Die sagen doch den ganzen Tag so komisches Zeug: Eine Hand wäscht die andere. Einer haut den anderen in die Pfanne. Oder jemand nimmt dir den Wind aus den Segeln. Das bedeutet alles immer irgendetwas anderes und hat rein gar nichts mit Händen, Winden oder Pfannen zu tun.“

Ich dachte nach. Mama nimmt Papa ganz schön

oft „den Wind aus den Segeln“, wenn er eigentlich lospoltern will. Und Henry und ich sollten uns viel öfter „gegenseitig die Hände waschen“, statt uns „gegenseitig in die Pfanne zu hauen“.

Dann wollte Sofia endlich wissen, warum ich nachts mit einem Puppenwagen durch die Gegend laufe. „Das finde ich ehrlich gesagt noch viel komischer!“, sagte sie.

Ich zeigte ihr die schlafende Frau Müller in Puppenkleidern und wir bekamen einen Lachanfall. Aber weil wir nicht so laut sein durften, hielten wir uns gegenseitig den Mund zu. Das ganze Lachen wurde zurück in den Körper gedrückt. Ich fühlte mich wie ein Luftballon, der gleich platzt. Darum versuchte ich schnell an etwas nicht Lustiges zu denken. An Papa zum Beispiel, der fand, er sollte strenger sein. Das wirkte. Und die düstere Landschaft, die vor uns lag, war auch nicht gerade witzig.

Ich schob den Wagen vor mir her. Sofia hatte eine Taschenlampe dabei und sie leuchtete uns den Weg. Das Gras, die Bäume und die Büsche hatten in der Dunkelheit ihre Farbe verloren. Schwarze Schatten, so weit das Auge reichte. Nur da, wo die Taschenlampe kleine Kreise hinstrahlte, wurde die Welt ein bisschen bunt. Der Puppenwagen quietschte, als wäre er selber ein kleines Ferkel. Aber Frau Müller schlief gemütlich weiter.

Am Zirkuswagen angekommen öffnete Sofia die Tür und leuchtete erst mal hinein. „Nicht dass nachts doch noch der Vater der Babys zu Besuch gekommen ist“, sagte sie. „Ich habe keine Lust auf ein Wildschwein-Treffen oder Schlimmeres.“

Doch wir sahen nur die drei Schweinedamen, die uns verschlafen aus ihren kleinen Augen anschauten. Und die sechs Ferkel, die alle auf einem Haufen übereinanderlagen wie Socken in einer Schublade.

„Hey, alles gut, ihr Dickerchen“, sagte Sofia. Dann kletterten wir hinein.

Das leise Grunzen und Schmatzen im Schweinehaus klang ganz gemütlich. Sofia fand allerdings, es hörte sich an wie eine heranrückende Armee von Ungeheuern aus dem Weltall. Sie las gerade ein Buch über Geister und Außerirdische, das sie sich von Janik gemopst hatte und das für Zwölfjährige geschrieben war.

„Ach Quatsch!", sagte ich, obwohl ich jetzt auch diese schmatzende Grusel-Armee vor Augen hatte.

Gerade als ich Frau Müller ihre Jacke ausziehen wollte, mischte sich ein Stöhnen unter die gemütlichen Gruselgeräusche. Sofia und ich guckten uns an. Dann leuchtete sie noch mal den ganzen Wohnwagen ab. Doch alle Schweine schliefen wieder.

„Vielleicht tun die Zitzen von Fräulein Stinkewitz noch weh", sagte ich. „Oder Cleopatra hatte einen Albtraum ..."

Da wurde das Stöhnen plötzlich lauter und es mischte sich noch ein komisches Grunzen darunter. Die Geräusche kamen eindeutig von draußen.

„Das Wildschwein!", flüsterte Sofia und nahm meine Hand. „Wusstest du, dass Wildschwein-Eber manchmal ihre eigenen Babys auffressen?"

„In welchem Grusel-Buch hast du das denn gelesen? Eberhard, der Babyfresser?"

Sofia kicherte. Aber meine Hand ließ sie nicht mehr los. Mit der anderen leuchtete sie die Tür an, gegen die nun auch noch geklopft oder besser gesagt gebollert wurde. Auch die Schweinedamen waren inzwischen wieder wach geworden und starrten in Richtung Eingang.

„Was sollen wir denn jetzt machen?" Sofia drückte meine Hand so fest, dass bestimmt kein Tröpfchen Blut mehr durchfloss. Hoffentlich stirbt sie nicht ab, dachte ich.

Ich legte den Zeigefinger von der noch lebenden Hand auf Sofias Mund, denn ich glaubte, zwischen all den Gruselgeräuschen ein bekanntes Geräusch gehört zu haben. Ein Glucksen. Und dann war ich mir plötzlich sicher! Ich stand auf und schlich mich zur Tür, hinter der es immer noch polterte und grunzte, aber eben auch ganz leise gluckste. Mit einem Ruck riss ich die Tür auf und rief: „Du glaubst doch nicht, dass ich Angst vor dir habe! Niemand hat Angst vor seinem eigenen Bruder!"

Sofia war inzwischen auch zur Tür gekommen und leuchtete in die verstörten Gesichter von Henry und Janik. „Was macht ihr denn hier?", rief sie.

„Äh, wir, wir wollten mal gucken, was ihr nachts so im Schweinestall treibt", sagte Janik.

Die beiden kamen zu uns in den Wohnwagen und Henry erzählte, dass er von seinem Fenster aus be-

obachtet hatte, wie wir abgehauen waren. Da hatte er Janik angerufen. Seit die beiden auf die weiterführende Schule gehen, haben sie ein eigenes Handy und brauchen sich nicht mehr über Fäden, die aus Fenstern hängen, zu verständigen.

„Aber statt euch um uns zu sorgen oder uns zu beschützen, wolltet ihr uns lieber den Schreck unseres Lebens einjagen“, beschwerte sich Sofia. „Wie fies ist das denn?“

Henry und Janik guckten sich an und grinsten. „Gebt zu, dass ihr ganz schön Schiss hattet!“, sagte Janik. „Wenn ihr es zugebt, bekommt ihr auch etwas von unserem Mitternachts-Snack ab.“

Henry packte ein großes Stück Kuchen aus, das er aus dem Kühlschrank gemopst hatte. Und er teilte es brüderlich mit uns.

„Käsekuchen im Schweinestall, wie appetitlich!“, sagte Sofia. Aber dann machten wir uns alle vier über den Kuchen her und unsere Geräusche waren kaum mehr von denen der Ferkel zu unterscheiden.

Grade als ich sagen wollte, dass wir uns öfter zu einem Mitternachtskuchen verabreden könnten, klopfte es schon wieder. Diesmal war es eher ein Bollern. Eine Sekunde später wurde die Tür auch schon aufgerissen und wir wurden durch eine Taschenlampe geblendet, die zehn Mal stärker war als die von Sofia.

Ich konnte nicht das Geringste sehen und es

dauerte ein bisschen, bis der Tür-Aufreißer sich zu erkennen gab. Doch schließlich hörten wir die wütende Stimme von Papa.

„Ich glaub's nicht, macht ihr jetzt auch noch Nachtschicht? Und essen im Schweinestall, wo gibt's denn so was? Ist das etwa mein Stück Käsekuchen, das ich mir extra für morgen aufbewahrt hatte?"

Papa behauptete, dass das ein Nachspiel haben würde. „Jetzt reicht's!", rief er. „Ihr könnt nicht machen, was ihr wollt, und glauben, dass das keine Folgen hat. So funktioniert das Leben nicht. Merkt euch das!"

Dann drehte er sich um und ging einfach zurück zum Haus. Eigentlich war das das Schlimmste an der Sache. Dass er uns dort so sitzen ließ und wir zurückschleichen mussten, ohne zu wissen, was uns erwartet.

„Was meint er wohl mit Nachspiel?", fragte ich.

„Ach, lass den doch labern!", sagte Henry. „Der muss sich doch immer nur wichtigtun. Alter Spielverderber."

Zu Hause verzogen Henry und ich uns in mein

Zimmer. Ich sah aus dem Fenster. Tante Karoline schien von unserem Ausflug gar nichts mitbekommen zu haben. Jedenfalls war kein Licht in ihrem Wohnzimmer und im Schlafzimmer war es auch schon dunkel. Bei Mama und Papa im Schlafzimmer brannte jedoch noch eine Lampe. Und man hörte sie auch noch weiter streiten. Ich kann es nicht leiden, wenn die beiden sich ärgern. Und schon gar nicht wegen uns.

„Sollen wir ihr altes Pferdekostüm anziehen und bei ihnen anklopfen? Vielleicht können wir sie damit aufheitern“, schlug ich vor.

Aber Henry hatte keine Lust. „Die könnten das Kostüm selber mal wieder anziehen. Kinder sind nicht dazu da, ihre Eltern aufzuheitern“, knurrte er und verschwand in seinem Zimmer auf dem Dachboden.

Als ich zurück in mein Bett krabbelte, lag Lolli immer noch unter meiner Decke und schlief. Ich schlüpfte schnell zu ihr und war froh, dass sie da war. Keiner kann so beruhigend sein wie eine kleine schlafende Schwester.

6

Donnerwetter in der Gartenlaube

Das Donnerwetter kam am nächsten Nachmittag. Morgens taten Mama und Papa noch so, als wäre nichts gewesen. Dafür wollten sie nach der Schule den kleinen Familienrat einberufen. Das ist ein Gespräch zwischen Mama, Papa, Henry, Lolli und mir. Meinetwegen hätten sie auch den großen Familienrat zusammentrommeln können. Denn die anderen Erwachsenen wären bestimmt nicht so streng gewesen und hätten Henry und mich verstehen und verteidigen können.

Nachmittags saßen wir also schweigend am Gartentisch in der Laube und jeder von uns hatte ein Glas Wasser vor sich stehen. Ein Zeichen dafür, dass wir nicht zum Spaß hier waren. Direkt neben uns döste Pavarotti in der Hängematte. Zwergesel müsste man sein!

Grade als Papa tief einatmete, um mit dem Meckern zu beginnen, kam Mama ihm zuvor. Sie zählte alles auf, was gestern Abend nicht in Ordnung gewesen war. Aus ihrem Mund hörten sich die schlimmen Sachen allerdings gar nicht so schlimm an. Ein klarer Fall von „Papa den Wind aus den Segeln nehmen“.

„Mai, du hast einem Ferkel Puppenkleider angezogen. Das geht natürlich gar nicht, und das weißt du auch!“, sagte Mama mit gespielt strenger Stimme. „Und dass ihr beiden euch nachts davonschleicht, davon will ich erst gar nicht reden.“

„Aber ich will davon reden!“, fuhr Papa dazwischen.

Mama tat so, als hätte sie ihn nicht gehört, und sprach einfach weiter. „Ich möchte, dass ihr euch entschuldigt und versprecht, dass das nicht mehr vorkommt.“

Bevor wir antworten konnten, ergriff Papa schon wieder das Wort: „Und damit wir sicher sein können, dass es nicht mehr vorkommt, misten Mai und Henry den Rest der Woche morgens vor der Schule den Schweinestall aus. Dabei konnt ihr euch ganz in Ruhe überlegen, warum Schweine keine Menschen sind, denen man Klamotten anzieht. Und warum man nicht nachts von zu Hause abhaut!“

„Ich hab dem Schwein nichts angezogen. Das war Lolli!“, protestierte ich. „Ich wollte Frau Müller nur zurück zu ihrer Mutter bringen, damit sie nicht verdurstet.“

„Petze!“, zischte Lolli.

Und dann behauptete Henry, er wäre gar nicht abgehauen, sondern er hätte Sofia und mich vom Fenster aus beobachtet und hätte uns zurückholen wollen. Und beschützen.

„Ach ja, ihr wolltet uns beschützen? Ihr wolltet uns mit diesen Wildschwein-Geräuschen Angst einjagen“, knurrte ich. „Das wolltet ihr!“

Dabei wollte ich doch eigentlich niemanden mehr in die Pfanne hauen …

Das Ende vom Lied war, dass wir zu dritt den Schweinestall ausmisten sollten. Und zwar nicht nur diese, sondern auch die Woche danach.

Mama zog die Augenbrauen nach oben und die Mundwinkel nach unten. Ein klares Zeichen dafür, dass sie mit dem Urteil nicht einverstanden war. Aber sie war wohl zu schlau, um sofort dagegen vorzugehen. Ihr Lieblingsspruch neben „Der Klügere gibt nach“ ist „Die Suppe wird nie so heiß gegessen, wie sie gekocht wird!“.

Papa grinste Mama an. „Siehst du, wie heilsam die Androhung einer Strafe sein kann? Dann kommt endlich mal die Wahrheit auf den Tisch. Also Lolli hat aus einem Lebewesen ein Spielzeug gemacht, Mai und Sofia sind nachts abgehauen, und Henry und Janik sind hinterhergelaufen, um die beiden zu Tode zu erschrecken. Gut, dass wir das jetzt wissen!“ Papa sah triumphierend in die Runde, so als hätte er gerade beim *Mensch-ärgere-dich-nicht* gewonnen.

Niemand von uns Kindern war zufrieden mit dieser Sicht der Dinge. Aber die Einzige, die zum Gegenschlag ausholte, war Lolli. „Ich habe Frau Müller nicht wie ein Spielzeug behandelt!“, schrie sie. Und zwar so laut, dass Pavarotti erst seine Ohren und dann den ganzen Kopf aus der Hängematte heraushob. „Ich bin schließlich die Eltern von Frau Müller. Und ich bin viel liebere Eltern, als ihr welche seid!“

„Ist klar“, brummte Henry.

Und Papa wollte Lolli das „Sorgerecht“ wegnehmen. „Frau Müller ist weder dein Kind noch deine Kindergärtnerin", sagte er scharf. „Sie ist ein Tier, das artgerecht behandelt werden muss und das du ab heute bitte nicht mehr anfasst!"

Das war zu viel für Lolli. Erst zitterte nur ihre Unterlippe. Doch dann sprang sie auf, fegte das Wasserglas mit ihrer kleinen klebrigen Hand vom Tisch und bekam ihr knallrotes Wutgesicht. „Ihr werdet schon sehen, was ihr davon habt!", sagte sie mit erstickter Stimme. Dann rannte sie los und verschwand in der Scheune.

Mama ging ebenfalls, allerdings ohne ein Wort zu sagen. Und Papa, Henry und ich saßen da und starrten auf die Gläser vor uns, aus denen keiner auch nur einen Schluck getrunken hatte.

7

Keine Spur von Lolli

Am Abend wurde dann doch noch der große Familienrat zusammengerufen. Lolli war nämlich wieder verschwunden. Sie war nicht mehr gesehen worden, seit Papa ihr Frau Müller weggenommen hatte.

Am meisten regte sich Tante Bianca auf. Sie ist die Aufregerin in unserer Familie. Oma sagt immer: „Gut, dass wir die Bianca haben. Die macht sich so viele Sorgen, dass für uns andere gar keine mehr übrig bleiben!“

„Wie konnte das nur passieren?“, fragte Bianca immer wieder.

Die Ermittlungen führte dann aber Onkel Bernhard durch. Er wollte ganz genau wissen, was vorgefallen war und wann Lolli zuletzt gesehen wurde.

„Okay, wir müssen gut überlegt vorgehen“, sagte er und zupfte an seinem Ziegenbart, als wollte er, dass er schneller wächst. „Gibt es Lieblingsorte, an die sie sich zum Schmollen gerne zurückzieht?“

„Die haben wir alle schon abgesucht“, sagten Mama, Papa, Henry und ich wie aus einem Munde.

„Und hat sie nach ihrem letzten Verschwinden irgendjemandem gegenüber irgendwelche Andeutungen zu ihrem Versteck gemacht?“

Diesmal schüttelten wir alle vier den Kopf.

Dann war auch Onkel Bernhard ratlos. Er wollte, dass wir alle mitdachten, und jeder von uns sollte eine Idee entwickeln, wie wir Lolli finden könnten. „Ich ernenne euch hiermit alle zu Chef-Ermittlern“, sagte er. „Ihr habt schließlich Grips im Kopf!“

„Bernhard!“, rief Tante Bianca empört. „Das ist hier doch kein Kinderspiel!“

„Ja, aber die meisten unserer Ermittler sind Kinder. Und jeder Ermittler muss auf seine Art angefeuert werden“, erklärte Onkel Bernhard. „Ich schlage sogar vor, wir setzen einen Finderlohn aus. Fünfzig Euro für den, der uns Lolli wiederbringt.“

„Tot oder lebendig!“, knurrte Henry.

Und Papa meinte: „Lass gut sein, Berni. Wir sind hier nicht im Wilden Westen.“

Aber Onkel Bernhard blieb dabei. „Das zahle ich aus meiner Tasche“, sagte er.

Dann sollten wir in alle Himmelsrichtungen losziehen und unsere Pläne erst schmieden und dann in die Tat umsetzen.

Sofia, Katharina und ich wollten lieber zusammen ermitteln und uns das Geld dann teilen. Darum trafen wir uns heimlich im Schweinestall. Hier konnte man ganz in Ruhe nachdenken und gleichzeitig Ferkel knuddeln. Frau Merkel kam gleich auf mich zu, als ich die Stalltür aufmachte. Und auch die anderen Pflegekinder galoppierten uns entgegen. Als Frau Müller sah, dass Lolli nicht mitgekommen war, wirkte sie irgendwie enttäuscht. Sie schaute sehnsüchtig zur Tür hinaus und trabte dann mit hängenden Ohren zurück zu Fräulein Stinkewitz.

„Vielleicht war Lolli gar nicht so eine schlechte Schweinemutter“, sagte Sofia. „Sie hatte Frau Müller einfach nur zu lieb. Und da ist es mit ihr durchgegangen.“

„Durchgegangen?“, fragte Katharina. „Du meinst, so wie Pferde durchgehen, wenn sie ihren Reiter abwerfen und wegrennen?“

„Irgendwie schon. Sie hat wild drauflos geliebt, ohne nachzudenken. Aber Frau Müller hat bestimmt gemerkt, dass sie es gut meint.“

Wir nickten. Dabei war ich mir nicht ganz sicher, ob die kleine Frau Müller wirklich gemerkt hat, dass sie nur aus Liebe Puppenkleidung tragen musste.

„Vielleicht hat Lolli sich ja in einem Erdloch verkrochen“, sagte Sofia. Sie hatte gerade ihre Nase ins Ohr ihres Ferkels gesteckt. Tatsächlich rochen die kleinen Schweinebabys ganz schön lecker, obwohl der Schweinestall selber der muffeligste Ort des ganzen Kornblumenhofes war.

Ich schüttelte den Kopf. „An einem unbequemen Platz würde sie es nie länger als fünf Minuten aushalten. Dazu ist Lolli viel zu zappelig. Sie hält es ja schon beim Versteck-Spielen nicht in ihrem Versteck aus!“

„Oder sie ist entführt worden“, gab Katharina zu bedenken.

„Quatsch!“, unterbrach ich sie. Weil ich so was gar nicht erst denken wollte. „Als sie das letzte Mal verschwunden ist, wurde sie schließlich auch nicht entführt. Aber diesmal müssen wir sie finden, bevor sie von alleine wieder aus ihrem Versteck kommt. Sonst führt sie uns beim nächsten Mal wieder an der Nase herum.“

Sofia und Katharina nickten, aber eine Idee hatte keiner.

Katharina meinte, es wäre vielleicht doch sinnvoller, wenn wir drei uns aufteilen würden. Wahrscheinlich hatte sie einfach keine Lust mehr und wollte sich verkrümeln. Jedenfalls sind Sofia und Katharina dann alleine losgezogen, während ich noch ein bisschen bei den Schweinen nachdenken wollte. Ich starrte auf Frau Müller, die schon wieder in Richtung Ausgang gelaufen war, um nach Lolli Ausschau zu halten. Die anderen Babys schliefen kreuz und quer auf einem Haufen. Wieder musste ich daran denken, dass sie wie Socken in einer Schublade aussahen. Und dann kam mir eine geniale Idee!

So schnell ich konnte, lief ich zurück ins Haus und

holte aus dem Wäschesack ein paar alte Socken von Lolli. Dann flitzte ich zurück zu Frau Müller und ließ sie ausgiebig an den Socken schnüffeln. Tatsächlich konnte sie gar nicht genug bekommen von den müffeligen Dingern. Die kleine Lakritzschnecke an ihrem Hintern wackelte hektisch in der Luft herum, so wie der Schwanz eines echten Spürhundes.

Während Frau Müller sich satt schnüffelte, ging ich zu Fräulein Stinkewitz und strich über ihren langen, behaarten Rücken. „Sei mir nicht böse“, flüsterte ich ihr ins Ohr. „Ich muss Frau Müller mal kurz entführen. Aber ich bringe sie dir gleich wieder!“

Dann schnappte ich mir die Müllerin, wickelte sie in meine Strickjacke und trug sie vorsichtig aus dem Stall. Hoffentlich muss sie nicht gleich wieder pinkeln, dachte ich.

Als Erstes gingen wir in die Scheune. Schließlich war Lolli in diese Richtung abgehauen. Ich hatte Glück, außer mir suchte hier gerade niemand. Sonst wäre ich bestimmt wieder wegen Schweine-Entführung angeklagt worden. Ich setzte Frau Müller ganz vorsichtig in der Mitte der Scheune auf den Boden und im ersten Moment schien sie wie vom Donner gerührt zu sein. Kein Wunder – sie hatte in ihrem Leben ja noch nie etwas anderes gesehen als den Zirkuswagen und den Puppenwagen!

Ich versuchte mir vorzustellen, wie es ist, wenn man in die Jacke eines Riesen eingewickelt und auf einem fremden Planeten wieder ausgepackt wird.

Frau Müller lief aufgeregt im Kreis. Dabei schnüffelte sie tatsächlich am Boden herum, als gäbe es da unglaublich was zu riechen. Aber eine richtige Richtung schlug sie leider nicht ein. Erst als ich sie schon wieder hochnehmen wollte, lief sie mir ein Stückchen davon. Und plötzlich lief sie schnurstracks geradeaus in Richtung Scheunenwand, den kleinen Schnüffel-Rüssel immer fest an den Boden geheftet. Vor der Wand blieb sie stehen und starrte auf die Bretter. Dann sah sie sich erwartungsvoll nach mir um.

„Na, du bist ja ein tolles Spür-Schwein!“, rief ich. „Das ist eine Wand und Lolli kann schließlich nicht durch Wände gehen!“

Mir wurde klar, dass Frau Müller mir doch nicht helfen konnte. Erstens war sie noch ein Baby und zweitens konnte sie nicht den ganzen Bauernhof durchschnüffeln. Das würde viel zu lange dauern. Am Ende wäre die Müllerin verdurstet und Lolli immer noch verschwunden, dachte ich. Was für eine blöde Idee von mir!

8

Die Villa Himmelreich

Ich war froh, dass ich niemandem von meinem genialen Einfall erzählt hatte und dass mich niemand beobachtete, als ich Frau Müller wieder zu Fräulein Stinkewitz zurückbrachte. Alle waren viel zu sehr mit der Umsetzung ihrer eigenen Ermittler-Pläne beschäftigt. Und aus allen Himmelsrichtungen wurde nach Lolli gerufen. Scharf und lieblich, sauer und flehentlich.

Ich verzog mich wieder in den Zirkuswagen und dachte nach. Da hörte ich plötzlich die Stimmen von Henry und Janik näher kommen. Henrys Stimme war ziemlich aufgeregt, während Janik immer nur so Sachen brummte wie: „Echt jetzt?“ oder „Alter, der spinnt doch!“

Plötzlich konnte ich jedes Wort der beiden genau verstehen. Sie mussten sich hinter den Schweinestall verkrümelt haben, genau an die Stelle, an der ich auf der anderen Seite der Wand saß.

„Aber Abraxas hat echt gesagt, er würde mir etwas wegnehmen!", sagte Henry. „Ein Wesen oder so. Es hörte sich nach etwas Lebendigem an. Nicht dass er Lolli damit meinte!"

„Was soll Abraxas denn mit deiner durchgeknallten Schwester anfangen?", versuchte Janik ihn zu beruhigen. „Die macht doch nur Stress. Nicht mal deine Eltern kommen mit der klar!"

„Aber was für ein Wesen soll es denn dann sein?", stöhnte Henry.

„Hat er wirklich *Wesen* gesagt?", hakte Janik noch mal nach. „Vielleicht meinte er irgendeine Fantasy-Figur. Oder ein Buch über Außerirdische."

„Hoffentlich hast du recht", stöhnte Henry. Dann zogen die beiden weiter.

Irgendwie konnte ich mir auch nicht vorstellen, dass ein fremder Junge auf unseren Hof kam, um Lolli zu stehlen. Trotzdem wollte ich sie jetzt noch dringender finden.

Ich dachte so angestrengt nach wie noch nie in meinem Leben. Aber irgendwie kam ich kein bisschen weiter. Immer wieder musste ich an Frau Müller denken, wie sie traurig vor der Bretterwand in der Scheune gestanden hatte. Es fühlte sich an, als hätte ich selbst ein Brett vor dem Kopf. Darum ging ich wieder raus. Vielleicht kamen mir beim Rumlaufen ja neue Ideen.

Vor der dicken alten Eiche neben der Scheune sah ich Henry mit Mamas Laptop. Er starrte immer wieder zwischen dem Bildschirm und der Baumkrone hin und her.

„Hier kann sie unmöglich hochgeklettert sein“, sagte er, als ich näher kam. „Das sind bestimmt zehn Meter!“

„Wie kommst du darauf, dass sie gerade hier sein sollte?“, fragte ich.

Henry zeigte auf den Bildschirm, auf dem eine Landkarte zu sehen war. „Ich glaube, Lolli hat mein

Handy geklaut. Ich kann es jedenfalls nicht finden. Aber auf dem Computer gibt es eine Handy-Suchfunktion." Er zeigte auf einen blinkenden roten Punkt. „Genau hier müsste es sein. Aber siehst du hier irgendwo Lolli? Oder mein Handy? Oder gar beide? Diese Suchfunktion ist voll daneben."

Wütend klappte er den Deckel von dem Laptop zu und verschwand. Und ich stand da und bemerkte, wie das Brett vor meinem Kopf ganz langsam beiseitegeschoben wurde. Wie von Geisterhand. Na klar, der Baum steht genau an der Scheunenwand. Er drückt die Wand beinahe zur Seite. Und zwar genau an der Stelle, an der auch Frau Müller verzweifelt nach Lolli gesucht hatte!

Ich rannte in die Scheune hinein und schaute mir die Bretter genau an. Eines war tatsächlich lose. Man konnte es ganz einfach beiseiteschieben. Und der Spalt war gerade groß genug, dass ich hindurchschlüpfen konnte. Hinter dem Spalt war es allerdings ziemlich duster. Ich stand in einer Art Röhre, die fast bis zum Himmel reichte. Von oben fiel ein kleines bisschen Licht hinein. Genug, um die Leiter zu erkennen, die an die knorrige Wand der Röhre gelehnt war und ebenfalls in den Himmel zu führen schien. Ich konnte es kaum glauben, aber ich befand mich im Inneren der alten Eiche. Sie war hohl!

Noch viel unfassbarer war, dass Lolli dieses sen-

sationelle Versteck entdeckt hatte und todesmutig bis ganz nach oben geklettert war. Das glaubte ich jedenfalls. Um es nachzuprüfen, blieb mir nichts anderes übrig, als genauso mutig zu sein. Als ich mich Sprosse für Sprosse nach oben vortastete, wurde es langsam heller.

„Lolli, bist du da oben?“, rief ich.

Doch es kam keine Antwort. Stattdessen landete plötzlich ein Schwall Wasser in meinem Gesicht. Beinahe wäre ich die ganze Röhre wieder heruntergerutscht, so sehr hatte ich mich erschrocken. Aber ich kämpfte mich trotzdem weiter nach oben.

„Lolli? Warst du das? Bist du irre? Ich wäre fast abgestürzt!“

Da hörte ich plötzlich die Stimme meiner Schwester. „Hau ab!“, schrie sie. „Verzieh dich, mach, dass du wegkommst! Das hier ist mein Versteck!“

Und dann sah ich ihr rotes Gesicht über mir. In der einen Hand hielt sie drohend eine halb volle Flasche Wasser und in der anderen Henrys Handy. „Ich rufe die Polizei!“

„Du kannst froh sein, wenn Mama und Papa nicht die Polizei rufen“, sagte ich streng. „Außerdem weiß ich jetzt von deinem Versteck. Es nutzt nichts, wenn du mich verjagst.“

Da fing Lolli an zu weinen. Sie schluchzte so laut, dass ich ihr einfach nicht mehr böse sein konnte. Schnell kletterte ich ganz nach oben und hockte mich zu ihr in die Baumkrone, die so groß war, dass ein ganzes Himmelbett darin Platz gefunden hätte.

„Wenn ich Frau Müller nicht mehr haben darf, dann dürfen Mama und Papa mich auch nicht mehr haben“, schniefte sie. „So einfach ist das.“

„Und wie willst du hier oben überleben?“

„Wie Mogli“, sagte Lolli. „Der hat das auch geschafft.“

„Mogli auf dem Kornblumenhof? Das ist albern!“

Es war schwer, Lolli davon zu überzeugen, ihren Plan aufzugeben. Ich musste beim Leben von Frau Merkel schwören, dass ich niemandem von dem Versteck erzählen würde. „Niemandem außer vielleicht Sofia und Katharina“, schlug ich vor. „Wir könnten doch ein geheimes Mädchen-Baumhaus hier oben bauen, von dem aus man den ganzen Hof beobachten kann, ohne selbst gesehen zu werden.“

Tatsächlich hatte man von hier oben einen tollen Überblick. Und wir sahen, wie unten die gesamte Familie hin und her lief wie auf einem Wimmelbild. Alle waren auf der Suche.

Lolli starrte mich aus großen Augen an. Doch sie sagte kein Wort.

„Weißt du, dass es für dich einen Finderlohn gibt?“, verriet ich ihr. „Fünfzig Euro! Die stehen eigentlich mir zu. Aber wenn du mit unserem geheimen Baumhaus einverstanden bist, dann kaufen wir für das Geld ein paar Kissen und Decken und ein Sonnensegel. Und dann bauen wir uns hier oben eine Luxus-Villa.“

„Aber was sollen wir denn dann sagen, wo ich in Wirklichkeit versteckt war?“

„Wir sagen einfach die Wahrheit“, schlug ich vor. „Dass ich dich gefunden habe, aber dass du nur unter der Bedingung mitgekommen bist, dass ich keinem das Versteck verrate.“

Lolli war einverstanden. Dabei war mir eigentlich klar, dass die Idee nicht besonders gut war. Denn nun drängten mich alle, das Versteck hinter Lollis Rücken doch zu verraten. Besonders Mama und Papa.

„Es kann nicht sein, dass ein fünfjähriges Mädchen eine ganze Großfamilie an der Nase herumführt“, sagte Papa.

Diesmal gab Mama ihm sogar recht. „Stell dir vor, sie versteckt sich wieder und du bist gerade nicht in der Nähe. Und dann passiert ihr irgendetwas in diesem Versteck. Willst du das verantworten?“

„Schenkt mir ein Handy, dann könnt ihr mich jederzeit erreichen und ich komme, um Lolli zu retten“, sagte ich.

Papa meinte, das wäre Erpressung und darauf würde er nicht reinfallen. „Andersrum wird ein Schuh draus“, rief er. „Solange du deine kleine Schwester deckst, bekommst du garantiert kein Handy. Auch nicht, wenn du nächstes Jahr auf die neue Schule kommst!“

„Andersrum wird ein Schuh draus“, brummte ich vor mich hin. „Das kann ich in meine Sammlung mit seltsamen Erwachsenen-Sprüchen aufnehmen.“

Komischerweise sagte danach keiner mehr etwas zu der Sache. Vielleicht hatte einfach niemand mehr Lust auf Ärger. Am allerwenigsten ich. Denn ich freute mich nicht nur über die neue Villa Himmelreich, sondern auch über die fünfzig Euro, die Onkel Bernhard mir heimlich zugesteckt hatte.

„Hier, für dich“, hatte er mir zugeflüstert. „Der Finderlohn war nicht daran gebunden, dass man das Versteck verrät. Auch wenn dein Vater das bestimmt gerne hätte. Du hast grandiose Arbeit geleistet!“

Da war ich so stolz wie noch nie in meinem Leben!

9

Opi der Profi

Am Wochenende zeigten Lolli und ich den anderen das Versteck auf dem Baum.

Sofia meinte, wir könnten uns einen Baum-Palast dort oben bauen. Wobei wir nicht ganz sicher waren, wie wir die Palastmöbel die Leiter hinaufbalancieren sollten.

„Es gäbe vielleicht jemanden, der uns helfen kann“, sagte Katharina. „Es wäre aber kein Mädchen.“

„Ein Junge?“, wollte Lolli wissen. „Ein Junge kommt gar nicht in Frage!“

„Nein, es ist auch kein Junge“, meinte Katharina.

„Was ist es denn? Ein Tier?“ Lolli zog die Nase kraus, sodass ihre Sommersprossen ganz durcheinandergerieten.

Katharina schüttelte den Kopf. „Wenn man kein Mädchen oder Junge ist, muss man doch nicht gleich ein Tier sein“, stöhnte sie. „Es ist ein Mann. Genauer gesagt ein alter Mann.“

„Opa?“, rief Lolli. „Opa ist doch ein Junge!“

„Ist er nicht“, erklärte ich. „Alte Männer sind keine Jungs. Sie haben viel mehr Verstand und Fähigkeiten. Sie können zum Beispiel Geheimnisse für sich behalten. Oder einfach nur freundlich sein. Und hilfsbereit.“

Das leuchtete Lolli ein und sie wollte gleich losrennen, damit Opa uns ein Himmelbett für unseren Palast baute.

Opa war in seiner Werkstatt in der Garage. Da wo es immer nach Motoröl riecht und nach der Pfeife, die er heimlich dort raucht.

„Opi, kannst du Geheimnisse für dich behalten?“, fragte Lolli ganz außer Atem.

„Und wie ich das kann“, antwortete er.

Lolli starrte unseren Opa an und dachte nach. „Und ist Pfeife-Rauchen auch ein Geheimnis von dir?“

„Aber sicher doch.“ Opa blies ein paar weiße Kringel in die Luft.

Lolli sah ihm kopfschüttelnd dabei zu. „Opi, du bist kein Profi!“

Opa bekam einen Lachanfall und Lolli stemmte die Hände in die Hüften.

„Du brauchst jetzt gar nicht so blöd zu lachen. Du bist der schlechteste Geheimnis-Hüter der Welt. Jeder weiß, dass du Pfeife rauchst!“

„Hey, ihr müsst mir nichts anvertrauen“, sagte Opa. „Ich bin alt genug, um bei einem Geheimnis nicht vor Neugierde zu platzen. Manchmal ist es sogar besser, wenn man etwas nicht weiß. Geheimnisse können einem ganz schön das Leben schwer machen. Man trägt an ihnen herum und darf sie mit niemandem teilen.“

Wir vier sahen uns an und Opa zog genüsslich weiter an seiner Pfeife. „Außerdem kenne ich den Unterschied zwischen einem wahren und einem offenen Geheimnis“, murmelte er. „Und ein wahres Geheimnis ist natürlich eine ernste Sache. Während ein offenes Geheimnis ... nun ja. Ihr könnt es euch denken.“

„Können wir nicht!“, antwortete Lolli, während wir drei anderen Opa natürlich längst verstanden hatten.

Er legte die Pfeife auf seine Werkbank und kniete sich runter zu Lolli. Dann sah er sie mit seinen allerliebsten Opa-Augen an. Auch er hatte diesen Pralinen-Schmelz-Blick drauf. „Du glaubst nicht ernsthaft, dass Pfeife-Rauchen mein echtes Geheimnis ist, oder?“

Lolli schüttelte unsicher den Kopf.

„Ich rauche nur hier, damit ich mir nicht das Genörgel von eurer Großmutter anhören muss. Wenn man schon etwas Ungesundes tut, dann soll es wenigstens Spaß machen. Sonst ist es ja doppelt blöd.“

Jetzt grinste Lolli über das ganze Gesicht.

Wie immer mussten wir aufpassen, von niemandem beobachtet zu werden, als wir das Brett in der Scheune beiseiteschoben.

Opa staunte nicht schlecht. „Was ist denn das?!“, rief er. Aber dann legte er den Zeigefinger auf seinen Mund. Er wollte unser Geheimnis ganz alleine auskundschaften.

Wir trafen uns eine Viertelstunde später wieder in seiner Werkstatt.

„Euer Baum-Versteck ist eine Sensation“, rief Opa. „Nur den Weg dahin, den musste ich leider stilllegen.“

Vier der ungefähr hundert Leitersprossen waren unter der Last unseres Opas zusammengekracht.

„Diese Leiter ist lebensgefährlich“, erklärte er. „Die stammt ja noch aus der Steinzeit und muss dringend zum TÜV, bevor eine meiner heiligen Enkelinnen dort noch einmal hochklettert. Ich glaube, sie wurde aus Yeti-Knochen geschnitzt. Wer weiß, wer die da aufgestellt hat.“

„Aber Opa, keine von uns wiegt so viel wie du!“, sagte Katharina. „Wenn die restlichen Sprossen also bei dir gehalten haben, dann halten sie bei uns auf jeden Fall.“

Opa behauptete einfach, die anderen Sprossen wären durch sein Elefantengewicht bereits angeknackst worden und würden nun nicht mal mehr einer Fliege standhalten.

Das Ende vom Lied war, dass eine miese Woche vor uns lag. Vor der Schule Stall-Ausmisten und nach der Schule Himmelreich-Verbot. Und den süßen Ferkeln durften wir nicht mehr die Flasche geben, weil Fräulein Stinkewitz' Zitzen plötzlich wieder gesund waren und die Milch nur so sprudelte. Mama behauptete, echte Muttermilch wäre tausend Mal besser als Fläschchen-Milch. Außerdem fand sie, dass die Babys eine zu große Rolle in unserem Leben spielten und wir uns mal wieder ein bisschen mehr auf uns selbst besinnen sollten. Na toll!

10

Bananensattel und Pferdestärken

Am Donnerstag gab es dann noch Zusatz-Pech für mich. Meine Flötenlehrerin Frau Schlotterbein war krank, der Chorlehrer von Sofia, Katharina und Karl-Phillip aber kerngesund. Ich konnte also über eine Stunde warten, bis die drei fertig waren und wir mit dem Auto abgeholt wurden. Oder ich konnte mich zu Fuß auf den Weg machen. Obwohl es ein elend langer Weg war, entschied ich mich für laufen.

Am Anfang war es noch ganz nett. Ich überlegte, wie das wohl geht, sich auf sich selbst zu besinnen. Vielleicht konnte man versuchen, den eigenen Gedanken zuzuhören. Oder den Insekten, die in den Blumenwiesen herumbrummten.

Wenn wir zusammen nach Hause gehen, dann gibt es immer etwas zu erzählen und die Zeit vergeht, ohne dass ich es merke. Aber an diesem Donnerstag spürte ich jede einzelne Minute, als wäre ich in einem Zeitlupen-Film gefangen. Ich spürte sogar die Sonne auf meiner Haut. Und von weit her wehten ein paar Klänge Opernmusik zu mir herüber, begleitet von Pavarottis Gebrüll. Das konnte nur eins bedeuten: Opa backte Schokoladentörtchen. Ich schnüffelte in der Luft herum. Vielleicht kam ja auch eine Schoko-Wolke angeweht. Doch da ließ der Wind nach und es wurde ganz still.

Darum erschrak ich fast zu Tode, als plötzlich ein Junge mit einem Fahrrad neben mir stand. Ich hatte ihn nicht kommen hören. Es war, als wäre er hier hingezaubert worden. Er musterte mich von oben bis unten. Sein Fahrrad hatte einen langen Bananensattel. Am Lenker baumelten Lederbändchen und auf dem Schutzblech stand ein kleiner Adler aus Metall, so wie sie sonst nur auf Motorhauben von sehr teuren Autos stehen.

„Soll ich dich ein Stück mit meinem Moped mitnehmen?“, fragte der Junge. Er hatte seine extrem blonden Haare zu einem winzigen Pferdeschwanz zusammengebunden, der an die Ringelschwänzchen unserer Wollschweine erinnerte.

„Nein danke“, sagte ich.

Der Junge zog die Augenbrauen hoch. „Ich weiß, es sieht nicht aus wie ein Moped. Aber hier drin ste-

cken drei PS. Drei große schwarze Rennpferde, verstehst du?" Er zeigte auf die dicke Stange zwischen Sattel und Lenkrad. „Drei Rennpferde gefangen in dem Körper eines Elektromotors. Absolut geräuschlos. Aber soll ich dir was sagen?" Er blinzelte mich aus seinen blauen Augen an.

Ich schüttelte den Kopf, was ihn nicht davon abhielt, weiterzureden.

„Ich höre trotzdem ihre Hufe auf dem Asphalt donnern."

„Wow!", sagte ich. „Aber ich gehe lieber zu Fuß."

„Na, wie du willst. Wenn du hier lieber im Schneckentempo vor dich hin eierst – deine Entscheidung."

Ich ging einfach wieder los und der Typ fuhr lautlos neben mir her.

„Eine Frage hätte ich noch. Ich suche den Kornblumenhof", sagte er. „Da soll es einen Shop geben, in dem sie den besten Käse der Welt verkaufen. Mein Vater liebt Käse und er hat heute Geburtstag."

Ich erklärte ihm, dass der Shop donnerstags geschlossen hätte. Aber er ließ sich immer noch nicht abwimmeln.

„Außerdem soll es dort Ferkel geben“, sagte er mit weit aufgerissenen Augen.

Ich behauptete, ich hätte keine Ahnung von diesen Ferkeln. Daraufhin erzählte er mir alles, was er über kleine Schweine wusste. Dass sie ungefähr so schlau seien wie ein dreijähriger Mensch und mehr Kommandos lernen könnten als Hunde. Man könne ihnen auch beibringen, die Heizung selbst hoch- und runterzudrehen. Und Computerspiele beherrschten sie angeblich auch.

„Glaubst du mir nicht?“ Der Junge hielt an und holte sein Handy aus der Hosentasche. „Es gibt sogar eine App, da kannst du mit ein paar echten Schweinen spielen.“

„Was? Okay, zeig her“, sagte ich. Ich war einfach zu neugierig. Dabei wollte ich diesen Typ mit den unsichtbaren Wildpferden in der Fahrradstange doch eigentlich unbedingt loswerden.

Tatsächlich konnte man mit dem Zeigefinger auf dem Handy kleine Schweine anlocken. Sie folgten dem Finger, bis sie ihn schließlich mit ihrer Nase anstupsten. Total niedlich.

„Aha“, sagte ich. „Ich muss jetzt weiter.“

„Man sieht sich“, antwortete der Junge und grinste. Dann drehte er endlich ab und fuhr lautlos davon.

Den Rest des Weges dachte ich an die Schlauheit von Schweinen und an die Doofheit von mir, diesen Jungen nicht mehr aus dem Kopf zu kriegen.

Zu Hause lief ich erst mal zu Opa. Seine Opern waren schon verklungen.

„Gibt es heute Schokotörtchen?“, fragte ich Oma, die vor dem Haus eine Banane an Pavarotti verfütterte.

Sie schüttelte den Kopf. „Du meinst, weil Pavarotti so geschrien hat?“ Dann drückte sie den kleinen Esel an sich. Ihre Mundwinkel, die ohnehin schon ein bisschen knitterig waren und nach unten zeigten, rutschten noch eine Etage tiefer. „Wusstest du, dass Esel nicht vor Glück, sondern aus Einsamkeit schreien?“

Ich schüttelte den Kopf. „Aber wir sind doch alle bei ihm!“

„Das ist nicht dasselbe“, erklärte Oma. „Stell dir vor, du würdest nur unter Eseln leben.“

Auch Oma schien heute wackelige Laune zu haben.

Ich verkrümelte mich in mein Zimmer und wartete darauf, dass die anderen aus der Schule kamen und dass es etwas zu essen gab. Oma hatte recht, einsam zu sein, war das Schlimmste!

Als ich endlich das Auto auf dem Hof hörte, rannte ich runter, als wäre ich tagelang von meiner Familie getrennt gewesen. Und dass Papa

seltsames Gemüse in die Nudelsoße geschmuggelt hatte, machte mir auch nichts aus. Selbst als Opa kam und meinte, die Mädchen wären heute Nachmittag mit Unkraut-Zupfen dran, murrte ich nur aus alter Gewohnheit. Heimlich freute ich mich darauf, mit den anderen an den kleinen Pflänzchen zu zupfen wie Onkel Bernhard an seinem Bart.

Wir trafen uns wieder in der Werkstatt, damit Opa uns unser Zupf-Gebiet zeigen konnte. Doch statt zu den Erdbeerfeldern führte Opa uns in die Scheune.

„So, meine Damen, der Aufstieg ist gesichert", sagte er. Dann sah er sich wie ein Einbrecher nach links und rechts um. Als die Luft rein war, öffnete er den Spalt in der Scheunenwand. Zum Vorschein kam eine Wendeltreppe, die er ins Innere der alten Eiche gebaut hatte. Es war die tollste Treppe, die ich in meinem Leben gesehen hatte. Und an den Wänden klebten winzige Lämpchen, die für eine geheimnisvolle Beleuchtung sorgten. Ich hoffte nur, dass das kein Traum war!

„Opi, du bist doch ein Profi!", schrie Lolli und fiel unserem Großvater um den Hals.

Wir anderen drückten und herzten ihn auch. Wie die Weintrauben hingen wir an ihm.

„Meine Damen, ich darf doch sehr bitten!", ächzte Opa.

„Mai hatte recht", erklärte Lolli. „Jungs sind

blöd, und Männer manchmal auch. Aber alte Männer sind supi!"

Opa grinste sein breitestes Opa-Grinsen. Dann wollte er, dass wir endlich hochgingen. Schließlich durften wir nicht in der Scheune erwischt werden. „Wisst ihr, wie schwierig es war, diese Treppe heimlich zu bauen? Das hab ich nicht gemacht, damit wir jetzt hier entdeckt werden!"

Oben empfing uns eine zweite Überraschung. Opa hatte einen Holzfußboden in die Baumkrone gelegt und rundherum war ein Gitter. So konnte man zwar noch herunterschauen, aber nicht mehr herunterfallen.

„Das ist ja ein Laufstall für Elefantenbabys!", rief Lolli.

Damit war der neue Name für unser Geheimversteck geboren. Denn wenn wir von einem Laufstall sprachen, würde keiner auf die Idee kommen, dass der sich irgendwo im Himmel befand.

In der Mitte des Laufstalls hatte Opa ein Picknick angerichtet. Vier duftende kleine Schokoladentörtchen und vier große Trinkflaschen mit selbst gemachter Zitronenlimonade und Eiswürfeln.

„Ich gehe dann mal wieder“, sagte er.

Natürlich wollten wir, dass er blieb und mit uns feierte. Doch Opa meinte, dieser Ort wäre nur für uns und er würde auf der Stelle vergessen, dass es ihn überhaupt gäbe.

„Mit euren Eltern habe ich übrigens besprochen, dass ihr den ganzen Nachmittag Unkraut zupft. Sie werden euch also erst mal nicht vermissen. Dafür sollte ich euch aber unbedingt noch das hier verabreichen.“ Er stellte eine Flasche Sonnenmilch zwischen die duftenden Küchlein.

„Und das Unkraut, wer macht das jetzt?“, fragte ich.

„Schon geschehen“, sagte Opa und verschwand im Inneren des Baumstamms.

11

Schweini vor, noch ein Tor

Am glücklichsten war an diesem Nachmittag wohl Lolli. Zum Baumhaus-Glück kam bei ihr noch das Glück hinzu, Zeit mit uns Großen verbringen zu können. Für uns andere war das nur so mitteltoll.

Durch die Ritzen der Holzdielen unseres Laufstall-Bodens konnten wir nach unten auf den Hof schauen. Und wenn wir ganz still waren, konnten wir sogar hören, was unten gesprochen wurde. Jedenfalls, wenn sich jemand in der Nähe des Baumes aufhielt.

Wir verabredeten, dass immer eine von uns Wachdienst hatte, um uns zu warnen, wenn jemand kam. Denn wir waren natürlich genauso zu hören wie diejenigen, die wir von oben belauschten.

Ich erzählte den anderen von dem Typ mit dem Geisterfahrrad. Sie wollten alles ganz genau wissen.

„Wenn Schweine so schlau sind, sollten sie in die Schweineschule gehen“, fand Lolli.

Dann schmiedeten wir Pläne, was wir ihnen so alles beibringen könnten. Unkraut zupfen zum Beispiel. Oder mit Pavarotti spielen, damit er nicht so alleine ist.

Sofia, die seit vier Jahren Ballettunterricht nimmt, wollte ihnen am liebsten tanzen beibringen. Und Lolli meinte, wir sollten eine Mädchen-Schweine-Fußballmannschaft gründen. Frau Müller, Frau Merkel, Helene Fischer und Pepsi gegen die drei Schweine der Jungs.

Als wir Henry, Janik und Karl-Phillip später von der Fußball-Idee erzählten, waren sie sofort begeistert. Der Torwart der Jungs-Mannschaft sollte Pavarotti sein. Und in unserem Tor sollten Sofia und ich im Pferdekostüm von Mama und Papa stehen.

Sofia war ein bisschen sauer, dass die Schweine statt Ballett jetzt Fußball lernen sollten. Aber wir einigten uns darauf, dass die Mädchenmannschaft rosa Ballettröckchen als Trikots tragen sollte und

während des Spiels Ballettmusik laufen würde. Allerdings nur in der ersten Halbzeit. Denn in der zweiten Halbzeit wollten die Jungs, dass Hip-Hop gespielt wurde. Und sie behaupteten, dass ihre Mannschaft, bestehend aus Schweini, Kroos und Boateng, auf jeden Fall gewinnen würde. Auch wenn sie in der Unterzahl waren und eine Lusche wie Pavarotti im Tor hatten.

Das Training der Mannschaften sollte im Geheimen stattfinden. Und beim Frühlingsfest, das wir jedes Jahr im Mai feiern, sollten die Tiere dann gegeneinander antreten. Vor ganz großem Publikum.

Das erste Schweine-Training war dann leider anders, als wir es uns vorgestellt hatten. Ganz anders. Zur Vorbereitung hatten wir uns zusammen mit den Jungs im Internet Filme über Schweine-Schulen angeschaut. Da wurde behauptet, dass Schweine sauschlau sind. Und dass man sie immer loben muss, wenn sie etwas richtig gemacht haben. Am besten mit einem Klick-Geräusch und einem Leckerchen gleichzeitig. Dann würde es auch Klick in ihren Köpfen machen.

Zum Klicken schnipsten wir einfach mit den Fingern, weil wir keine Geräte hatten wie die Lehrer im Internet. Und als Leckerchen nahmen wir Chips aus Obst und Gemüsescheiben, die Oma immer in ihrem Obst-und-Gemüse-Backofen trocknet.

Doch Team Merkel dachte gar nicht daran, dem Schaumgummi-Ball hinterherzujagen. Unsere Ferkel blieben aufgeregt vor uns stehen und warteten auf mehr Schnips und Chips.

Schließlich gönnten wir uns eine Pause im Baumhaus. Auch um zu schauen, wie die Jungs so vorankamen. Sie übten nämlich mit Team Schweini auf dem Bolzplatz hinter der Scheune. Und sie waren genauso erfolglos wie wir.

„Vielleicht ist es bei Schweinen so wie bei Menschen“, hörten wir Janik rufen. „Sie lernen von ihren Vorbildern. Und wir könnten ihre Idole werden!“

„Geht klar, Alter“, rief Henry. Und dann spielten die drei einfach selber Fußball und warfen den Schweinen Rosinen zu, wenn einer von ihnen ein Tor geschossen hatte.

„Wetten, das klappt nicht?“, flüsterte Sofia.

Ich nickte. „Natürlich klappt das nicht. Kein Schwein will unsere Brüder als Vorbilder haben!“

Aber Katharina schüttelte den Kopf. „Vielleicht ja doch. Vielleicht wollen Jungs-Schweine ja Jungs-Menschen als Vorbild haben.“

Sie ist die Einzige von uns, die ihren Bruder anhimmelt. Vielleicht ja, weil er ihr Zwilling ist und die beiden sich sehr ähnlich sehen. So kann Katharina sich selber ein bisschen anhimmeln, wenn sie ihn toll findet.

Lolli grinste. „Schweini, Kroos und Boateng sind aber gar nicht alle Jungs“, sagte sie.

„Waas?“, riefen wir drei anderen so laut, dass die Jungs ihr Spiel unterbrachen und sich verwirrt umschauten.

„Ich habe heute Morgen gehört, wie Mama zu Papa gesagt hat, Kroos wäre ein Mädchen und Helene Fischer ein Junge“, flüsterte Lolli.

Sofia und ich mussten aufpassen, dass wir keinen Lachanfall bekamen. Nur Katharina verzog das Gesicht. Sie war schließlich die Pflege-Mama von der männlichen Helene Fischer. „Das verraten wir aber keinem“, sagte sie.

„Wir können es ja als Geheimwaffe gegen die Jungs verwenden“, schlug ich vor. „Für den Fall, dass sie ihre Schweine für bessere Fußballer halten, nur weil es Männchen sind.“

Plötzlich hörte man Papa vom Haus aus rufen. „Mai. Maaai! Wo steckst du?“

Wir zuckten zusammen.

Ich wartete darauf, dass er ins Haus zurückging. Wenn Henry, Lolli oder ich nicht sofort kommen, holt er immer eine Trillerpfeife, die man bis in den letzten Winkel unseres Hofes hören kann. Er hat drei Pfeifen mit drei verschiedenen Tönen. Und jeder von uns Kindern kennt seinen Ton ganz genau.

„Papa erzieht uns auch wie Schweine“, sagte Lolli. „Nur ohne Leckerchen.“

Ich schlängelte mich die Wendeltreppe hinunter und lief schnell aus der Scheune. Als Papa aus dem Haus kam, war ich bereits da, sodass er nicht sehen konnte, aus welcher Richtung ich gekommen war.

„Ich brauche dringend deine Hilfe!“ Papa schaute mich ein bisschen so an wie Frau Merkel, als sie weitere Gemüsechips haben wollte. Dann fragte er, ob ich ihn für eine halbe Stunde im Laden vertreten könnte, weil er dringend in die Stadt musste.

Klar konnte ich. Und wie ich das konnte! Ich liebe es, hinter der kleinen Kasse zu sitzen und den Leuten beim Befingern und Beschnuppern der Ware zuzusehen. Und ich habe Papa oft genug beim Schwärmen zugehört, sodass ich alles über unsere Produkte weiß.

Wenn keiner kam, konnte ich von Opas Schoko-Keksen naschen. Das sind seine berühmten Schoko-Törtchen in Puppengröße – eingewickelt wie Bonbons in hauchdünnes Papier. Sie stehen in einem Glas auf der Theke und manche Kunden kommen extra nur wegen ihnen hier zu uns herausgefahren.

12

Benno und der Eber Pinky

In den ersten zwanzig Minuten war ich tatsächlich ganz allein. Ich hatte schon fünf Kekse gegessen und zwei Mal das Geld in der Kasse gezählt. Dann besuchte mich Sofia, die inzwischen Hausaufgaben gemacht hatte und weiter Schweine-Schule spielen wollte.

„Warte doch. Papa kommt in zehn Minuten wieder“, sagte ich, als plötzlich jemand in der Tür stand und mit „Aha“ antwortete.

Es war der Junge mit dem Ringelschwänzchen. Ich zwinkerte Sofia zu, aber sie hätte ihn bestimmt auch so erkannt.

„Na, das ist ja mal eine Überraschung!“, sagte er und schaute mir tief in die Augen.

Ich bekam ein bisschen Gänsehaut, aber ich blickte genauso bohrend zurück, ohne mit der Wimper zu zucken.

„Wie geht's unseren Schweinen?", fragte er.

„Wolltest du nicht Käse für deinen Vater kaufen?", fragte ich zurück.

Den Trick habe ich von Onkel Bernhard: Wenn du eine Frage komisch findest und nicht beantworten willst, stelle schnell eine Gegenfrage!

Sofia hatte bei Onkel Bernhards Lebensweisheiten allerdings nicht so genau zugehört. Sie begann munter über die Schweine zu plappern. Wie niedlich sie seien und dass wir sie jetzt erziehen müssten. Erst dann fragte sie plötzlich: „Hast du gerade *unsere* Schweine gesagt?"

Der Junge hielt seinen Blick weiter auf mich gerichtet. Es fühlte sich bedrohlich an.

„Es sind auch meine Schweine, weil es sie ohne mich gar nicht gäbe", sagte er.

Da hörte Sofia auf zu reden und stellte sich neben mich.

„Ihr habt doch gar keinen Eber, stimmt's?", sagte der Junge.

„Wie heißt du eigentlich?“, fragte ich schnell zurück.

„Ich heiße Benno. Aber ihr könnt mich Ben nennen. Und ihr?“

„Mai und Sofia“, sagte Sofia.

„Also, Mai und Sofia, auf eurem Hof gibt es gar keine Eber. Aber ich habe einen. Genauer gesagt gehört Pinky meinem Freund. Und lasst euch nicht von dem Namen täuschen, Pinky ist ein echter Kerl und folgt aufs Wort!“

Ich griff ins Keks Glas und holte mir ein weiteres Mini-Schokotörtchen heraus, das ich mit einem Happs verschlang. Doch meine Augen blieben fest auf Ben gerichtet.

„Und mit Pinky war ich hier in eurem Schweinestall“, erzählte er weiter. „Er ist der Daddy von den Kleinen. Darum gehören mir die Ferkel genauso wie euch.“ Er kam ein paar Schritte auf uns zu. „Wie viele sind es denn eigentlich?“

„Sieben“, sagte Sofia. „Aber sie sind leider schon vergeben. Da hättest du früher Bescheid sagen sollen.“

„Vergeben?“ Ben kam noch einen weiteren Schritt

auf uns zu und zog eine seiner blonden Augenbrauen hoch. Das sollte wahrscheinlich cool und Furcht einflößend wirken.

„Ja, vergeben“, sagte ich. „Und schon mal was davon gehört, dass Babys zu ihren Müttern gehören?“

„Genau!“, fiel mir Sofia ins Wort. „Solange der Vater von der Mutter nicht anerkannt wird, hat er gar keine Rechte. Leider.“

Jetzt schob sich auch die zweite Augenbraue nach oben.

Sofia legte den Kopf schief und grinste Benno an. Erst dachte ich, es wäre ein siegessicheres Grinsen. Aber dafür war es viel zu freundlich.

„Wo sind die Kleinen denn?“, fragte er schließlich. „Wenn ich schon kein Sorgerecht habe, dann ja wohl wenigstens ein Besuchsrecht!“

„Sie machen Mittagsschlaf“, antwortete ich.

In dem Moment entdeckte ich Papa in der Tür. „Oh, Kundschaft“, sagte er.

Sofia erzählte ihm aufgeregt die Pinky-Geschichte.

Doch Papa schüttelte lachend den Kopf. „Wann

willst du denn hier gewesen sein, mit deinem Eber?“, fragte er.

Daran konnte sich Benno nicht mehr so genau erinnern. Dafür erinnerte sich Papa plötzlich ganz genau daran, an welchem Tag die Schweinebabys gezeugt worden waren. Und zwar von einem Eber namens Herkules. Das wiederum fand Benno „sehr komisch“, aber gegenüber Papa blieben seine Augenbrauen brav unten. Er kaufte noch schnell einen Käse – den kleinsten und billigsten, den er in unserem Käsekühlschrank finden konnte – und schwang sich dann wieder auf seinen Bananensattel.

„Stimmt das mit diesem Herkules?“, fragte ich Papa, als Benno und Sofia wieder weg waren.

„Natürlich stimmt das“, sagte Papa und zwinkerte mir zu.

„Und warum hast du das neulich nicht gesagt? Als wir alle rumgerätselt haben?“

„Ich fand ein paar geheime Schweine viel toller als diese Herkules-Geschichte“, behauptete er.

Das machte mich ganz schön wütend. „Du darfst einfach so Geheimnisse haben. Aber Lolli und ich sollen unbedingt das Versteck verraten", protestierte ich und griff ein letztes Mal ins Schoko-Glas.

Papa meinte, man brauche eine gewisse Reife, um ein Geheimnis zu hüten. Geheimnisse wären nichts für Anfänger – hitzige Grünschnäbel, die ihre Gefühle nicht im Griff hätten. Damit meinte er zwar Lolli, aber ich war trotzdem sauer. Jetzt durfte Papa erst recht nicht von unserer Villa Himmelreich erfahren!

In der Zwischenzeit hatten Katharina und Lolli weiter mit Team Merkel trainiert.

Katharina hatte mit dem Taschenmesser kleine Schlitze in den Schaumstoffball geschnitten und Apfelstückchen hineingesteckt. Immer wenn die Schweine eines davon futtern wollten, rollte der Ball weiter. Und wenn sie es bis ins Tor geschafft hatten, bekamen sie eine Belohnung.

Was für eine geniale Idee! Das Problem war nur, dass Frau Merkel, Frau Müller, Helene Fischer und Pepsi nach dem Training gar nicht mehr zu Fräulein

Stinkewitz zurückwollten. Die Damenmannschaft lief uns bis zum Abend hinterher, sodass wir auch nicht mehr ins Baumhaus konnten. Denn sicher wären die Ferkel vor dem losen Brett in der Scheune stehen geblieben und hätten uns verraten. Und nach oben mitnehmen wollten wir sie auch nicht. Darum setzten wir uns zur Besprechung in den Schweinewohnwagen.

Sofia hatte den anderen bereits von Benno, Pinky und Herkules erzählt. „Wenn diese Pinky-Geschichte stimmt, tut mir dieser Benno total leid“, erklärte sie immer wieder.

„So ein Quatsch!“, fiel ihr Katharina schließlich ins Wort. „Man kann sich doch nicht einfach mit einem Eber auf einen Bauernhof schleichen und Monate später wiederkommen und sich die Babys abholen! Ich weiß gar nicht, was von beidem ich schlimmer finden soll!“

Da war Sofia endlich still und ich war Katharina dankbar. Denn ich hatte ein bisschen Angst, dass Sofia an Gefühls-Verwirrung litt.

Als ich später im Bett lag, dachte ich darüber nach, ob es wirklich diesen Herkules gab. Oder ob Papa ihn erfunden hatte, um Benno loszuwerden. Und wenn es Herkules gab, warum hatte er ihn uns verheimlicht? Weil er uns Kindern nicht erklären wollte, wie Babys entstehen? Oder weil er ihn gegen Mamas Willen hier angeschleppt hatte? Vielleicht wollte Mama gar keine weiteren Schweine haben. Der Zirkuswagen ist viel zu klein für sieben weitere Tiere. Außerdem isst Mama kein Fleisch und möchte auch keins verkaufen. Aber wie stand Papa dazu? Mir wurde ganz schlecht. Wir mussten auf jeden Fall die schlausten Schweine der Welt aus den Ferkeln machen. Dann würde Papa sich nicht trauen, sie zu Schinken oder Salami zu verwursten.

13

Frühlingsfest mit Überraschung

Am Morgen des Frühlingsfestes ging es auf dem Kornblumenhof zu wie in einem Ameisenhaufen. Jeder schleppte etwas von einem Ort zum anderen und niemand hatte Zeit. Sofia schleppte sogar ihre kleine, batteriebetriebene Nähmaschine ins Baumhaus. Heimlich natürlich. Und dazu noch ihr altes Ballettröckchen, das angeblich Tutu hieß und aussah wie rosa Zuckerwatte. Daraus wollte sie die Trikots für Team Merkel nähen.

„Tüt Tüt ist plem plem", meinte Lolli, die bereits Zahlen von eins bis vier auf die Rücken unserer Schweine gemalt hatte. Leider auch heimlich. Denn sie kann ja noch gar nicht schreiben. Die Zwei war falsch rum und die Vier sah aus wie ein Fähnchen.

Wir einigten uns auf „komische Zahlen und komische Röckchen“.

Dann sahen wir den Jungs bei ihrem letzten Training zu. Sie hatten es auch geschafft, dass die Schweine den Ball in Richtung Tor stupsten, wo Pavarotti darauf wartete, ihn abzuwehren. Doch je länger sie trainierten, desto lustloser wurde die Mannschaft.

„Wir müssen aufhören!“, rief Henry. „Sonst haben die Jungs nachher keinen Hunger mehr.“

„Jungs!“, kicherte Katharina. „Wenn die wüssten!“

Es war einfach fantastisch, dass wir diesen Aussichtsturm hatten. Opa hatte uns von den fünfzig Euro Finderlohn sogar Kissen und Decken besorgt. Und eine Kiste hatte er auch gebaut, in der wir sie bei Regen in Sicherheit bringen konnten.

Wir entschieden, mit Team Merkel heute nicht mehr zu trainieren. Denn Henry hatte völlig recht: Die Ferkel sollten hungrig sein, wenn es losging!

Los ging es dann um Punkt drei Uhr. Mit einer großen Überraschung, die Oma vorbereitet hatte. Sie wollte, dass wir alle zusammen zu der großen Wiese hinter dem Gnadenhof gingen. Sogar Pavarotti sollte mitkommen. Doch der war müde vom Training und hing mal wieder in seiner Hängematte. Dabei hatte ihm Oma heute extra ein Halfter angezogen, das mit frischen Blumen geschmückt war.

Es war ganz schön viel Arbeit, den kleinen Esel zum Mitkommen zu bewegen. Denn Esel können total bockig sein!

„Es ist nicht euer Ernst, dass ein kleiner Esel unseren ganzen Zeitplan durcheinanderbringt!", sagte Papa.

Doch Oma bestand darauf, dass Pavarotti mitkam. Und sie nahm ihn auch noch in Schutz. „Esel sind nicht stur, sondern nur vorsichtig!", behauptete sie. „Sie machen jeden Schritt mit Bedacht. Ursprünglich kommen sie nämlich aus der Steinwüste. Und ein falscher Schritt oder unbedachter Hopser könnte dort einen Beinbruch und den Tod bedeuten."

„Genau!", erklärte Lolli, die von Steinwüsten nicht die geringste Ahnung hat, dafür aber Pavarotti über alles liebt. „Esel sind schlau. Die sind doch keine Esel!"

Da nahm Papa Pavarotti einfach auf den Arm, während dieser empört anfing zu schreien. Er protestierte, so laut er konnte.

„Ja, schrei du nur!“, sagte Papa, der ganz schön schwer zu tragen hatte. „Wir haben alle schreckliches Mitleid, weil du mit uns eine Überraschung anschauen musst und auch noch dort hingetragen wirst!“

Man konnte Papa kaum verstehen, weil Pavarotti ihn einfach übertönte. Doch als der Esel zum Luftholen eine kleine Pause einlegte, trauten wir alle unseren Ohren nicht. Pavarotti bekam Antwort! Und zwar von einem anderen Esel, der ganz in der Nähe sein musste. Pavarotti war so erstaunt, dass er keinen Mucks mehr von sich gab. Dafür schrie nun der andere umso lauter. Jetzt wollte Pavarotti plötzlich doch laufen. Er wand sich aus Papas Armen und rannte in die Richtung, aus der das Geschrei kam. Und wir alle liefen hinterher.

„So viel zum Thema Steinwüste“, brummte Papa.

Auf der Wiese vom Gnadenhof stand tatsächlich ein zweiter Zwergesel. Das war Omas großes Geschenk für uns alle. Aber am meisten hatte sie natürlich Pavarotti und sich selbst beschenkt. Und so sehr die beiden Esel geschrien hatten, so schüchtern wurden sie, als sie sich plötzlich gegenüberstanden. Sie starrten sich an, und Pavarottis Brust hob und senkte sich wie ein wild gewordener Blasebalg.

„Ich sehe schwarz für seinen Einsatz als Torwart“, murmelte Henry.

Oma weinte ein bisschen. Aber nicht, weil sie traurig war. Oma kann auch beim Glücklichsein weinen.

Und Lolli rief: „Wenn Pavarotti einen zweiten Pavarotti kriegt, will ich auch eine zweite Lolli!“

Papa wollte wissen, ob der neue Esel ein Weibchen sei. „Nicht dass wir demnächst einen Stall voller Zwergeselbabys haben!“

„Zwergesel bekommen immer nur ein Baby“, erklärte Katharina. „Und mit diesem einen sind sie ein ganzes Jahr schwanger.“

Nach dem Kennenlernen der Esel setzten wir uns an eine riesige Kaffeetafel mit Waffeln und Kuchen und Obstsalaten. Der fünf Meter lange Tisch mit einer ebenso langen weißen Tischdecke stand draußen, direkt unter der Villa Himmelreich.

Onkel Bernhard hielt eine Rede über alles, was im letzten Winter und in diesem Frühling so passiert war. Und dann kam endlich das große Fußballspiel.

Da die Mannschaften noch nie gegeneinander gespielt hatten, waren die Schweine total verwirrt. Hinzu kam, dass sie zum ersten Mal ihre Kostüme trugen. Die Jungs hatten ihrer Mannschaft winzige Fußballtrikots für Babys gekauft. Mit echten Fußballer-Namen auf dem Rücken: Kroos, Boateng und Schweinsteiger inklusive deren Nummern acht, siebzehn und sieben.

Die Musik wurde angestellt und es ging los. Zuerst kam wirklich Ballettmusik mit zarten Flöten- und traurigen Klaviertönen. Das passte so gar nicht zu den durchgedrehten Schweinen. Besonders Kroos schien sich in seinem Trikot nicht wohlzufühlen. In einem unbeobachteten Moment rannte er vom Spielfeld und wälzte sich in einer Matschpfütze. Doch die Klamotten wurde er so natürlich auch nicht los. Dafür sah er jetzt aus wie ein Draufgänger-Schwein, das mit ganzem Körpereinsatz kämpfte.

Der Vorteil von Team Merkel war, dass wir nie mit dem Pferd im Tor geübt hatten, denn auf das Pferde-Tor sollte schließlich Team Schweini schießen. Aber dieses Team war gewohnt, in Richtung Pavarotti zu schießen. Und so begann das Spiel mit einem Eigentor. Zumal der Zwergesel gar kein Interesse am Fußball zeigte und ständig weglief. Und auch die vielen Möhren, die Janik ihm reichte, waren ihm egal. Pavarotti wollte zu seinem neuen Freund. Darum stellten die Jungs den zweiten Esel schließlich auch ins Tor.

„Euer Pferd besteht ja auch aus zwei Torwarten", sagte Henry.

Erst hatten Sofia und ich in unserem Pferdekostüm kaum etwas zu tun, weil sich alles vor dem Tor der zwei Pavarottis abspielte. Aber in der zweiten Halbzeit wurden die Tore gewechselt und es wurde Hip-Hop gespielt. Und da wendete sich das Blatt. Jetzt spielte Team Schweini in die richtige Richtung und Team Merkel in die falsche. Und Sofia und ich standen uns bei der Abwehr total im Weg. Zumal ständig Karl-Phillip zwischen uns herumschlich und mit Bestechungs-Rosinen lockte. Die mochte sowohl Team Schweini als auch Team Merkel viel lieber als die Apfelschnitze, mit denen Lolli und Katharina am anderen Tor herumwedelten.

Sofia, die das Hinterteil vom Pferd war und gar nichts sehen konnte, fragte mich ständig, wie es stand.

„Jetzt drei zu drei!", knurrte ich, nachdem Team Schweini ausgeglichen hatte.

Die Erwachsenen, denen das Spektakel riesigen Spaß machte, schrien und grölten. Die Frauen waren für Team Merkel, die Männer für Team Schweini. Doch im Moment feuerten Opa, Papa und Bernhard Frau Müller an, weil sie auf unser Tor zustürmte und wild entschlossen war, für ein paar lächerliche Rosinen ein Eigentor zu schießen.

„Sofia, lass los, sonst kann ich den Ball nicht kriegen!", rief ich.

Tatsächlich nahm Sofia die Hände von meinen Hüften. Das hatte allerdings zur Folge, dass sie sich nicht mehr halten konnte, umkippte und mich mit zu Boden riss. Karl-Phillip hatte also alle Zeit der Welt, Frau Müller samt Ball weiter ins Tor zu locken und sie mit einer Überdosis Leckerchen so satt zu machen, dass sie für weitere Einsätze unbrauchbar war. Auch die anderen Schweine hatten inzwischen genug gefuttert und keine Lust mehr. Sie wälzten sich auf dem Spielfeld und machten sich nichts aus unserem Anfeuern. Und dann kam auch schon der Abpfiff. Wir hatten verloren.

Am meisten ärgerte sich Lolli. Sie hüpfte rum wie Rumpelstilzchen und schrie, das wäre alles ungültig gewesen. Eigentore würden nicht zählen und Frau Müller wäre das beste Fußballschwein der Welt.

Die Jungs lachten.

„War doch klar, dass die Männer gewinnen“, sagte Karl-Phillip.

„Ha ha“, rief Lolli. „Eure Schweine sind gar keine Männer. Kroos ist nämlich ein Mädchen. Und Helene Fischer ein Junge. Ätschi bätschi!“

„Klar!“, sagte Henry und zeigte ihr einen Vogel.

„Frag doch Mama!“, schrie Lolli. „Die hat die Schweine alle untersucht. Und die hat viel mehr Ahnung als du. Mama ist nämlich auch ein Mädchen!“

Henry bekam einen Lachanfall. Kroos war sein Ferkel. Und dass er ein Weibchen trainiert hatte, fand er wohl völlig abwegig.

„Na, wer wird denn da gleich frauenfeindlich werden“, schaltete Mama sich ein und legte einen Arm um Henrys Schulter. „Lolli hat recht, dein Kroos wird eines Tages eine wunderbare Sau. Wenn die Schweine klein sind, kann man das noch nicht so gut erkennen. Und es spielt auch noch gar keine große Rolle.“

Henry starrte Mama entgeistert an. „Und warum hast du das nicht gleich gesagt?“

Mama zuckte mit den Schultern und machte große Tut-mir-leid-Augen. „Weil ihr die Ferkel ja schon unter euch aufgeteilt hattet. Und Namen hattet ihr ihnen auch schon gegeben.“

„Wir hätten ja noch tauschen können“, knurrte Henry.

Aber Mama meinte, die Babys wären schon auf uns geprägt gewesen.

„Genau!“, mischte sich Katharina ein. „Man tauscht ja auch nicht im Krankenhaus die Menschenbabys, nur weil man lieber einen Jungen oder ein Mädchen bekommen hätte.“

Doch es half alles nichts. Die Freude über den Sieg von Team Schweini war verflogen. Jedenfalls bei

Henry. Er war wirklich schnell genervt in letzter Zeit. Vielleicht hatte er ja immer noch Streit mit diesem komischen Abraxas.

14

Rettung aus dem Baum

Einige Wochen nach dem Frühlingsfest waren unsere Schweine ein ganzes Stück größer geworden. Sie rauften ständig und rochen nicht mehr so gut. Papa erklärte uns beim Mittagessen, sie wären nun in der Pubertät, genau wie Henry.

„Sehr witzig!“, sagte Henry, während Lolli wissen wollte, was diese Pupsertät denn eigentlich sein sollte.

„Man ist nicht mehr richtig Kind, aber auch noch nicht erwachsen“, erklärte Mama. „Und man fühlt sich nirgendwo dazugehörig.“

Lolli beschloss, schon vor der Pupsertät erwachsen zu werden. „Ich mach das anders als Henry!“

„Toll, dass ihr euch alle so gut mit mir auskennt!“,

stöhnte mein Bruder und verzog sich in sein Zimmer.

Am Nachmittag traf ich mich mit Sofia, Katharina und Lolli im Baumhaus. Wir wollten meinen Geburtstag planen, der in zwei Wochen war.

„Sollen wir nicht heimlich hier im Laufstall feiern?", schlug Lolli vor. Sie liebte es immer noch, mit uns Großen zusammen sein zu können. Doch ihre Idee war gar nicht so schlecht.

„Wir könnten uns ja am Abend vorher hier hinschleichen", schlug ich vor, „und um zwölf stoßen wir dann an und machen eine geheime kleine Party!"

Die anderen waren begeistert. Mein Geburtstag war dieses Jahr an einem Sonntag, sodass wir ausschlafen konnten.

Doch gerade als wir weiterplanen wollten, stoppte uns Katharina, die gerade Wachdienst hatte. Sie drehte sich zu uns um und legte beide Zeigefinger über Kreuz auf den Mund. Ein Zeichen für „Absolute Ruhe!".

Wir schlichen alle zu unseren Posten. Jeder hatte ein eigenes Guckloch oder einen Spalt zwischen den Brettern.

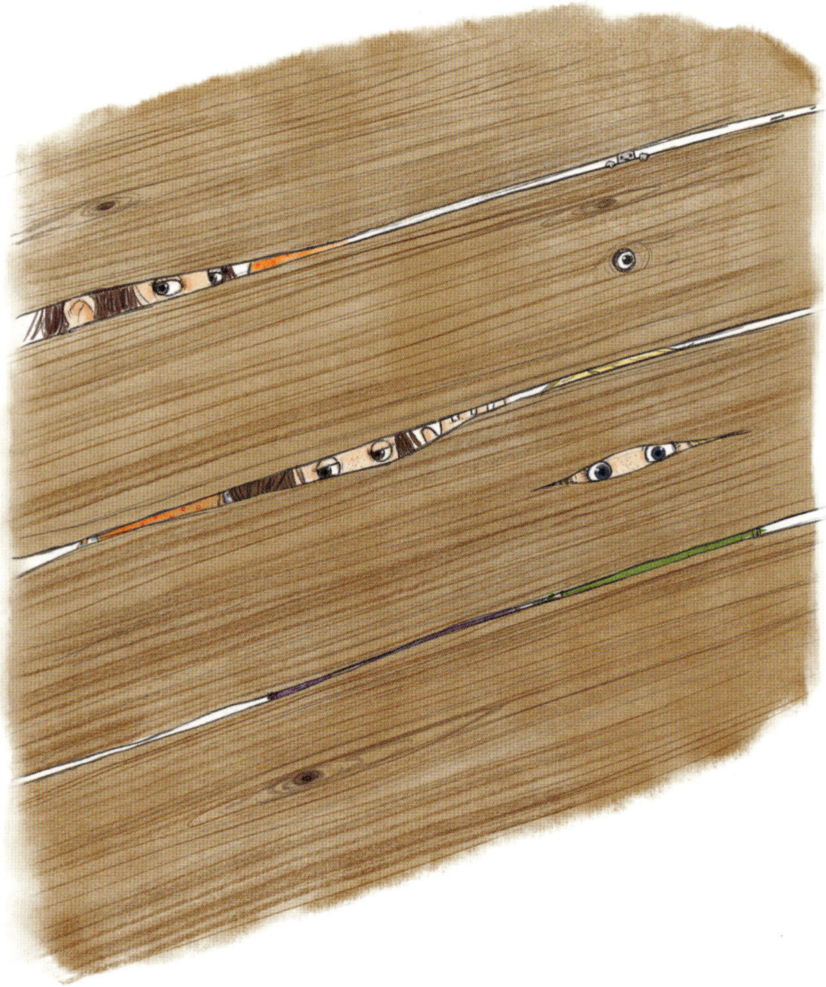

Henry kam geradewegs zur Scheune. Gleichzeitig rauschte eine Fahrrad-Gang auf unseren Hof zu. Und zwar absolut lautlos. An der Spitze fuhr Benno.

Sein Haar war offen und wehte im Wind wie die Lederbändchen an seinem Lenker. Außerdem trug er eine Sonnenbrille, in deren Gläsern man sich spiegeln konnte.

Hinter ihm fuhren vier Jungs, die sich in ihre Sättel reinlegten, als säßen sie auf Motorrädern. Einer von ihnen zog einen Anhänger mit einem leeren Hundekäfig hinter sich her.

Henry sah und hörte die Jungs nicht. Am liebsten hätte ich ihn gewarnt wie im Kasperletheater, wenn sich von hinten das Krokodil näherte. Benno fuhr ganz langsam auf Henry zu. Und dann fuhr er ihm direkt hinten in die Hacken.

Henry stolperte vor Schreck und fiel zu Boden.

„Bist du irre?“, rief er. „Was soll das? Was willst du hier?“

Erst dann sah er die anderen Gang-Mitglieder, die sich mit ihren Rädern im Halbkreis hinter ihrem Boss aufgestellt hatten.

„Das sind bestimmt diese Untergebenen“, flüsterte Lolli.

„Pssst!“, zischte ich sie an.

„Wie sagt man?“, fragte Benno meinen Bruder und fuhr wieder auf ihn zu.

„Was willst du von mir, Abraxas?“, fragte Henry. Er sprach den Namen so verächtlich aus, als wäre Benno ein Kleinkind, das unbedingt Supermann genannt werden möchte.

„Schon besser. Und jetzt rück endlich dein Schwein raus!“, sagte Benno-Abraxas. „Dann bist du uns sofort wieder los.“

„Das ist nicht mein Schwein“, antwortete Henry. „Ich müsste es genauso stehlen wie ihr.“

„Da hat uns deine kleine Schwester aber etwas anderes erzählt“, erklärte Benno und stemmte die Hände in die Hüften.

Mir klopfte das Herz bis zu den Ohren.

„Du kennst meine Schwester doch gar nicht“, antwortete Henry.

„Klar kenne ich Mai. Die ist in jedem Fall nicht so ein störrischer Esel wie du.“

„Esel sind nicht störrisch, die sind nur klug“, zischte Lolli so laut, dass die Jungs unten sich verwundert umblickten.

Ich trat ihr leicht gegen den Fuß und strafte sie mit

einem vernichtenden Blick.

„Aua“, flüsterte sie und schob die Unterlippe vor. „Also, her mit dem Viech oder es gibt so richtig Ärger! Ich meine Ärger, den man fühlen kann. Und zwar am ganzen Körper.“

Ich machte den anderen Zeichen, dass wir Henry helfen müssten. Doch Katharina schüttelte den Kopf. Sie zeigte auf die Fahrradfahrer und dann auf ihre mickrigen Armmuskeln.

Benno war inzwischen abgestiegen und schubste Henry ein Stück vor sich her. Doch Henry wehrte sich nicht. Vielleicht hatte er recht, vielleicht würde alles nur noch schlimmer, wenn er sich auf eine Prügelei einließ.

Mein Kopf platzte beinahe, so sehr dachte ich darüber nach, wie ich ihm helfen konnte. Und dann brach die Wut einfach aus mir heraus.

„Abraxas, du Schweinepriester!“, rief ich.

Die Jungs schauten verwirrt in der Gegend herum.

„Ich kenne dich!“, rief ich weiter. Und zwar mit einer Stimme, die ich selbst noch nicht von mir kannte. „In deinem letzten Leben warst du eine Krähe. Und in diesem Leben bist du ein Honk. Du bist dumm, ungerecht und grausam!“

Benno schaute nach oben. In seiner Sonnenbrille spiegelte sich die Baumkrone. Doch von unserem Versteck war nichts zu sehen.

Ich blickte mich nach den anderen Mädchen um. Katharina kauerte in einer Ecke und hielt sich die

Ohren zu. Und Sofia hatte die Augen aufgerissen und schüttelte den Kopf. Keine Ahnung, ob sie Angst hatte, hier oben aufzufliegen, oder ob sie nicht wahrhaben wollte, dass der nette Benno gleichzeitig der blöde Abraxas war. Nur Lolli schien meine Aktion gut zu finden. Sie grinste und hielt beide Daumen nach oben. Also machte ich weiter.

„Alle Aufgaben, die ich dir auf dieser Erde gestellt habe, hast du nicht bestanden“, rief ich. „Wenn du so weitermachst, wirst du im nächsten Leben eine Laus sein. Und ich werde dich höchstpersönlich mit meinem Fingernagel zerquetschen!“

Lolli nickte und grinste weiter. Aber ich war mir nicht sicher, ob ich die richtigen Worte gefunden hatte. Wer sollte ich sein? Ein verrückter Dämon aus einem Fantasy-Buch? War das nicht albern?

Benno nahm seine Brille ab und blinzelte nach oben. Einen Moment trafen sich unsere Blicke. Und ich hatte Angst, dass er mein Auge durch den winzigen Holzspalt entdeckt hatte.

„Am Arsch!“, brummte er. Allerdings nicht deutlich genug, sodass seine Freunde „Abmarsch“ verstanden. Vielleicht wollten sie es auch nur verstehen.

Jeder von ihnen wiederholte noch einmal den scheinbaren Befehl, dann verschwanden sie genauso lautlos, wie sie gekommen waren.

Nur Benno stand immer noch da. Er starrte seiner Gang hinterher. Ein letztes Mal drehte er sich zu Henry um. „Was war das denn jetzt?“, fragte er.

„Was meinst du?“, fragte Henry zurück. Auch er hatte sich wohl Onkel Bernhards Trick mit der Gegenfrage gemerkt.

„Na, diese komische Stimme von da oben!“

„Welche Stimme?“

„Soll das ein Trick sein? Willst du, dass ich den ganzen Mist von dieser Mist-Stimme noch mal wiederhole?!“

Henry schüttelte den Kopf. „Nein, musst du nicht. Behalt es doch einfach für dich.“

Benno kickte wütend einen Stein von sich weg. „Alter, es darf doch echt nicht wahr sein, dass ich dieses Schwein nicht bekomme. Ich meine, hier wird es doch sowieso nur geschlachtet, eines Tages.“

„Wird es nicht!“, unterbrach ihn Henry.

„Und wenn doch? Versprichst du mir, dass ich eines der Schweine bekomme, falls sie doch geschlachtet werden sollen?“

Henry nickte und Benno streckte ihm die Hand entgegen. „Deal?“, fragte er.

„Deal!“, antwortete Henry.

Und dann sauste endlich auch Abraxas auf seinem Bananensattel davon.

Henry schnaufte. Er blickte hoch zur Baumkrone.

„Mai!“, rief er. „Wo zum Himmel steckst du? Du hast mir das Leben gerettet. Oder wenigstens Fräulein Kroos.“

Wir vier sahen uns an und keiner sagte ein Wort.

„Ich weiß, dass du da oben im Baum bist. Aber wie bist du da hochgekommen?“

Henry suchte am Stamm der Eiche nach irgendwelchen Vorsprüngen, an denen man hochklettern konnte. Und dann ging er tatsächlich in die Scheune und fand das lose Brett in der Wand.

Lolli stand kurz vor einem ihrer Rumpelstilzchen-Ausbrüche. Sie versuchte, Henrys Kopf wieder runterzudrücken, als er plötzlich aus dem Baumstamm herausragte. Wir mussten sie richtig festhalten, damit sie Henry nicht die Wendeltreppe hinunterschubste.

Oben angekommen wurden Henrys Augen so groß wie Lollis Puppen-Tassen. „Das habt ihr doch nicht etwa alles selbst gebaut?“, fragte er.

„Das ist ein geheimer Ort voller Geheimnisse“, schrie Lolli. „Und du wirst keines davon erfahren!“

Henry nickte. „Schon klar, es war Opa“, sagte er.

Lolli schüttelte trotzig den Kopf und wir anderen schwiegen.

Dann bedankte sich Henry für meinen Einsatz als „Stimme aus dem Himmel“. „Eigentlich warst du sein schlechtes Gewissen, das da zu ihm gesprochen hat!“, sagte er. „Das war so genial!“

Ich wurde ein bisschen rot, weil Henry noch nie so etwas Hochachtungsvolles über mich gesagt hatte.

Bevor er wieder ging, musste er hoch und heilig versprechen, niemandem von unserem Himmelreich zu erzählen. Doch das schaffte er leider nicht. Denn schon wenige Tage später erwischte Lolli ihn zusammen mit Janik und einer Flasche Bier, die Papa nicht ganz ausgetrunken hatte, dort oben. Genauer gesagt, wenige Nächte später. Wir sollten alle längst schlafen, doch Lolli hatte Trine, ihre geliebte Schlafpuppe, oben im Baumhaus vergessen. Darum schlich sie sich noch mal raus und fand die beiden Jungs dort oben vor.

Diese Tatsache wiederum konnte Lolli nicht für sich behalten. Sie holte Mama und Papa aus den Betten, und es gab riesigen Ärger.

Mama war sauer, weil Henry heimlich Bier probiert hatte, ich war sauer, weil Lolli uns an unsere Eltern verraten hatte, Henry war sauer, weil unsere ganze Familie „komplett uncool ist“, und Papa war auf alle und jeden sauer, besonders aber auf Opa, weil der uns geholfen hatte, dieses Mega-Geheimnis zu hüten und auch noch auszubauen.

Am Ende lag jeder wütend in seinem Bett. Ich starrte an die Decke, an der immer noch die Leuchtsterne klebten, die ich zu meinem dritten Geburtstag bekommen hatte. Inzwischen waren sie jedoch verblasst und man konnte nur noch ahnen, dass es sie überhaupt gab.

Am nächsten Tag hatte Lolli das lose Brett in der Scheunenwand mit einer ganzen Rolle Paketklebeband überklebt. Darüber hatte sie mit schwarzer Fingerfarbe etwas gemalt, das vielleicht ein Totenkopf war. Niemand sollte ihr ehemaliges Königreich mehr betreten. Meinetwegen. Im Moment hatte ich sowieso keine große Lust mehr auf Lollis Launen.

Ich war mit meiner eigenen schlechten Laune beschäftigt. Und ich machte einen Bogen um die Scheune und die alte Eiche.

15

Ein winziges Geschenk in letzter Minute

Am Vorabend zu meinem Geburtstag starrte ich wieder in diese erloschenen Sterne an meiner Zimmerdecke. Von „Reinfeiern“ war nie wieder die Rede gewesen. Aber einschlafen ging irgendwie auch nicht. Wahrscheinlich war ich die Einzige auf dem ganzen Kornblumenhof, die noch wach war.

Da ging plötzlich die Lampe neben meinem Fenster an. Sie hat eine kleine Strippe, an der man ziehen kann. Und die habe ich mit einem ellenlangen Faden verbunden, der bis runter in den Garten hängt, damit Sofia mich Tag und Nacht erreichen kann – so wie ich sie.

Aufgeregt lief ich zum Fenster.

Sofia stand mit ihrer Taschenlampe neben dem Rosenbusch.

„Komm runter!“, rief sie. „Wir wollten doch reinfeiern!“

Geräuschlos wie das Benno-Fahrrad schlich ich die Treppe hinunter. Nirgendwo war mehr Licht.

Draußen nahm Sofia mich in den Arm. „Es ist fünf vor zwölf“, sagte sie und grinste. Dann überreichte sie mir ein winziges Geschenk, das sie in Opas Schoko-Papier eingewickelt hatte. „Pack schon aus“, ermunterte sie mich und leuchtete das rosa Mini-Päckchen an. Darin war ein Schlüssel.

„Wofür ist der denn?“, fragte ich. „Ein neues Vorhängeschloss für mein Schließfach in der Schule?“

„Bisschen besser“, sagte Sofia.

„Ein Zweitschlüssel von Henrys Zimmer?“

Sofia grinste. Doch dann schüttelte sie den Kopf. „Den bekommst du zum nächsten Geburtstag.“

Ich kam einfach nicht drauf, zu welchem Schloss dieser Schlüssel passen sollte, und Sofia meinte, ich sollte ein bisschen rumsuchen. Wie beim Topfschlagen. Sie würde heiß und kalt sagen.

Wir entfernten uns immer weiter vom Haus. Sofia

leitete mich in Richtung Scheune. Und dann standen wir plötzlich vor unserem Eingang zum Baumhaus. Doch da waren weder Paketklebeband, noch ein Möchtegern-Totenkopf zu sehen. Und auch das lose Brett war nicht mehr da. Dafür hatte jemand mitten in die Scheunenwand eine Tür mit einem Schloss gebaut und mit Blumengirlanden geschmückt. In der Mitte klebte ein Foto von allen Erwachsenen und allen Jungs vom Kornblumenhof. Sie schauten auf den Boden und machten mürrische Gesichter. „Wir müssen leider draußen bleiben“, stand darunter.

Ich schaute Sofia an. Sie wippte ein bisschen auf der Stelle und sah aus, als würde sie gleich vor Aufregung platzen. „Mach schon auf!“

Ganz vorsichtig steckte ich den Schlüssel ins Schloss und öffnete die Tür. Auch im Inneren der Eiche hing eine Blumengirlande. Und die Lämpchen brannten. Ich traute mich kaum, diesen magischen Ort zu betreten, aber Sofia schob mich von hinten hinein und wir kletterten hoch. Oben war alles dunkel. Viel dunkler als sonst. Denn normalerweise schien der Mond so hell, dass man auch nachts im Baumhaus etwas sah – außer bei Neumond oder wenn er von einer dicken Wolke verdeckt war natürlich. Die Villa Himmelreich war die tollste Sternwarte aller Zeiten und ich hatte ein bisschen Angst, dass auch hier die Sterne irgendwie erloschen waren und dass ein düsteres Geheimnis auf uns wartete. Doch dann ging plötzlich das Licht an und wir standen mitten in einem kleinen Haus. Und zwar zusammen mit Mama und Papa, Henry, Lolli, Katharina, Janik und Karl-Phillip. Es gab einen gedeckten Tisch und kleine Sofas für unsere Kissen und Decken. Wir hatten sogar Strom dort oben!

„Für die anderen war leider kein Platz mehr hier drinnen", sagte Papa. „Die stehen draußen auf der Terrasse."

Tatsächlich hatte unser neues Baumhaus auch einen Balkon, von dem aus man weiterhin alles im Blick hatte: das ganze Universum über uns und auch das winzige Universum unter uns.

Es war Punkt zwölf, und die Wunderkerzen begannen zu zischen und zu leuchten. Jeder wünschte mir Glück zu meinem zehnten Geburtstag. Und da

10

wusste ich plötzlich, dass ich ein kleines bisschen erwachsener geworden war. Denn ich musste nicht nur lachen, sondern auch weinen, so wie Oma, wenn sie sich riesig freut.

Lolli, Sofia und Katharina hatten auch Schlüssel bekommen. Und es gab noch einen Notfallschlüssel an einem geheimen Ort, der nur benutzt werden durfte, wenn Gefahr im Verzug war. Diesen Ort kannte nur einer: Opi, der Profi, der beste Geheimnisverwalter aller Zeiten. Er hatte zusammen mit Papa das Häuschen gebaut. Denn Papa fand, wir sollten unsere geheimen Treffen an einem sicheren Ort abhalten. Der Laufstall war ihm einfach zu unstabil gewesen.

„Wie habt ihr es nur geschafft, das ganze Haus zu bauen, ohne dass wir etwas bemerkt haben?“, fragte ich Papa und Opa.

Papa lachte. „Wir mussten immer warten, bis ihr alle in der Schule wart.“

„Genau“, sagte Opa. „Und wir durften die ganze Zeit nichts verraten. Das war das Schwerste an der Sache. Denn ihr wisst ja, Geheimnisse hüten kann ganz schön anstrengend sein …“

Das war der schönste Geburtstag, den ich je hatte und bestimmt auch je haben werde!

Ach ja, ich habe ganz vergessen zu erzählen, was ich in diesem Leben noch so vorhabe. Und warum ich erst im nächsten Leben die Unsterblichkeitstabletten erfinden kann. In diesem Leben will ich nämlich auf Reisen gehen. Und ich will ganz viele Orte auf der Welt entdecken, die ähnlich schön sind wie der Kornblumenhof. Nur anders. Mit anderem Wetter, anderen Menschen und anderen Tieren. Ein Baumhaus in Afrika wäre toll. Von da aus könnte ich die Elefanten beobachten. Oder ein Schwimmbad auf einem Wolkenkratzer, bei dem man bis zum Rand schwimmen und über die ganze Stadt blicken kann.

Sofia meint, ich sollte erst diese Tabletten erfinden, und dann könnten wir zusammen reisen, so lange wir wollten. Aber ich habe Angst, dass Mama recht hat und dass es diese Tabletten niemals geben kann. Weil der Tod zum Leben gehört wie die Nacht zum Tag oder die Kühlschrank-Reste zum Einerlei.

Dann würde ich mein Leben im Chemielabor verschwenden und hätte nichts von der Welt gesehen. Das wäre einfach zu traurig!

Ich bin nur noch nicht ganz sicher, ob ich den anderen Menschen von diesen anderen magischen Orten auf der Welt erzählen soll. Oder ob es geheime Orte bleiben sollen. Aber bei einem, da bin ich mir ganz sicher: Dass ich nach meinen Reisen immer wieder zurück zum Kornblumenhof kommen will, zu meiner allerliebsten Familie. Und dann will ich auf die Tiere aufpassen und meinetwegen täglich den

Schweinestall sauber machen. Damit die andern auch verreisen können. Wer weiß, vielleicht erfinde ich in der Zwischenzeit noch schnell einen Schweinestall, der sich selbst reinigt. Und zwar nicht nur ein Mal am Tag. Oder ich bitte Henry, ihn zu erfinden. Schließlich habe ich noch etwas gut bei ihm.

Schokotörtchen zum Dahinschmelzen

Kornblumenhof-Schokoladentörtchen haben einen Kern, der auf der Zunge zergeht wie flüssiges Glück. Die gute Nachricht ist, du kannst sie leicht selber backen! Der Trick mit dem flüssigen Kern ist ganz einfach: Versenke ein Stück Schokolade in der Mitte des Teiges. Übrigens: Je besser die Schokolade, desto besser das Ergebnis. Am besten eignet sich Zartbitter-Schokolade mit einem hohen Kakaoanteil.

Rezept für 4 Törtchen

Du brauchst:

- 200 g Schokolade mit einem hohen Kakaoanteil (z. B. Zartbitter-Schokolade mit 70 % Kakao)
- 60 g Butter
- 60 g Zucker
- 2 Esslöffel Mehl
- 2 Eier
- 4 beschichtete Muffin-Förmchen einzeln oder als Muffin-Blech
- 1 Wassertopf und 1 große Rührschüssel aus Metall
- 1 Schneebesen
- 1 Rührlöffel aus Gummi (Spatel)

Zubereitung:

1. Heize den Ofen auf 180 Grad vor.
2. Während der Ofen warm wird, kannst du mit einem Schneebesen die Eier mit dem Mehl und dem Zucker verrühren.
3. Nun brichst du die Schokolade in Stücke und lässt sie zusammen mit der Butter im Wasserbad schmelzen. (Achtung: Behalte vier Schokoladenstücke für den flüssigen Kern zurück.)
   Zum Schmelzen nimmst du eine Rührschüssel aus Metall, die du auf einen Topf mit kochend heißem Wasser setzt. Pass auf, dass das Wasser nur ganz leicht kocht und der Wassertopf nicht zu voll ist, damit nichts herausschwappt und du dich nicht verbrennst. (Am besten lässt du dir von einem Erwachsenen helfen.)
4. Während des Schmelzens das Schoko-Butter-Gemisch gut mit einem Gummi-Rührlöffel (Spatel) in Bewegung halten.
5. Die geschmolzene Butter-Schokolade kannst du unter den angerührten Teig mischen und die fertige Masse mit dem Gummilöffel in die Muffin-Förmchen füllen.
6. Drücke jeweils ein Stück Schokolade in die Mitte jeder gefüllten Muffin-Form und streiche wieder etwas Teig darüber, damit die Schokolade von allen Seiten gut eingepackt ist.
7. Jetzt müssen die Törtchen bei 180 Grad nicht länger als 15 Minuten backen und danach noch ein paar Minuten abkühlen.

Und dann wird es Zeit zum Dahinschmelzen!

© privat

Anja Fröhlich wird ab und zu von Mai auf ein Glas selbst gemachte Limonade ins Baumhaus eingeladen. Dort reden die beiden über die wirklich wichtigen Dinge im Leben: Schweinebabys, geniale Opas, wie man eine Kuh reitet oder wie ein Geist in einen Diamanten kommt. Zum Aufschreiben der Abenteuer, die die Kinder vom Kornblumenhof erleben, fährt sie dann aber nach Köln und nimmt sich einen großen Wiesenblumenstrauß für ihren Schreibtisch mit.

© privat

Ulla Mersmeyer karikierte schon in der Grundschule am liebsten ihre Lehrer. Ob sie ihren Schwimmlehrer heiraten wollte wie Lolli Herrn Kolibri, hat sie bisher nicht verraten. Aber noch viel besser als schwimmen kann sie sowieso zeichnen. Das macht sie nach Stationen in Bremen und Berlin nun in ihrem Traumatelier in Münster. Wenn sie Sehnsucht nach Zwergeseln hat oder Schweine kraulen möchte, ist sie auf dem Kornblumenhof jederzeit willkommen.

LESEPROBE

WIR KINDER VOM Kornblumen HOF

Zwei Esel im Schwimmbad

Band 2

Auf dem Kornblumenhof gibt es genau sieben Kinder, sieben Erwachsene, und sieben Ferkel – und haufenweise andere Tiere. Und damit meine ich nicht nur die Ameisenhaufen hinter dem Kompost.

Wenn es eine große Familienkonferenz gibt, sind allerdings nur Menschen eingeladen. Außer vielleicht Pavarotti und Flokati, unsere beiden Zwergesel.

Sie dösen dann in ihren Hängematten genau neben unserem riesigen Gartentisch. Und in diesem heißesten Sommer aller Zeiten dösten sie dort rund um die Uhr.

Henry hatte die Familienkonferenz für Sonntag nach dem Ausschlafen einberufen, denn er wollte uns allen etwas Wichtiges mitteilen. Leider war jedoch jeder zu einer anderen Uhrzeit ausgeschlafen und Henry als Allerletzter. Papa fand, Henrys Mitteilung könnte ja nicht besonders wichtig sein, wenn er sie verpennte. Mein Bruder zog die eine Hälfte seiner Oberlippe hoch und legte seinen Eckzahn frei – so wie Pavarotti, wenn er vollste Verachtung ausdrücken will. Aber dann hielt er eine Rede über das Wort „Demokratie“. Den Ausdruck hatte er wohl gerade in der Schule gelernt.

„Demokratie bedeutet, dass bei großen Entscheidungen alle mitbestimmen dürfen. Egal wie wenig Macht sie sonst haben oder wie arm sie sind. Und wir leben hier in einer Demokratie! Das ist unser ganz großes Glück, versteht ihr?!“

Alle nickten dieses Komm-zur-Sache-Nicken. Denn es war allen klar, dass Henry uns ganz bestimmt nicht einfach so aufsagte, was er in der Schule gelernt hatte. Allen außer unserer Cousine Katharina.

„Das gilt aber leider nicht für Kinder“, sagte sie.

„Demokratie ist erst ab achtzehn. So wie Horrorfilme oder Heiraten."

Da zog Henry die andere Seite seiner Oberlippe eselmäßig nach oben und strafte sie mit einem dieser Blicke, die auch aus einem Horrorfilm stammen könnten. Dann sagte er: „Also, lange Rede, kurzer Sinn: Ich schlage vor, dass wir eine demokratische Abstimmung machen. Und zwar darüber, ob wir diesen Sommer endlich ein Schwimmbad bauen!"

„Au ja!", kreischte Lolli sofort los. „Und dann bauen wir noch eine Rutsche vom Baumhaus direkt ins Wasser. Nur für Mädchen!"

Papa zog seine Augenbrauen fast bis zu den Haaren hoch. Das war kein besonders gutes Zeichen. „Gute Idee!", sagte er in einem überhaupt nicht guten Ton. „Und die Kosten für diesen Pool werden natürlich auch von allen getragen!"

Henry schien auf diesen Einwand gewartet zu haben. „In einer Demokratie müssen nur diejenigen zahlen, die auch Geld haben", erklärte er grinsend. „Die anderen sind befreit!"

Jetzt machten ein paar von den Erwachsenen Eselgesichter.

Doch bevor die Schwimmbad-Gegner zu Wort kommen konnten, wollte Henry auch schon abstimmen. „Wer ist also dafür, dass wir gleich morgen anfangen?"

Sieben Zeigefinger schnellten in die Luft, plus vier Eselohren, die aus den Hängematten ragten. Dabei sind Pavarotti und Flokati eigentlich wasserscheu.

Von den Erwachsenen meldete sich niemand außer Opa Johannes, der brummend und kopfschüttelnd seine runzelige Hand hob. Er ist immer auf unserer Seite, weil er findet, Kinder sollen so viel Spaß haben, wie es nur geht. „Die Kindheit geht viel zu schnell vorbei", sagt Opa immer. „Und später hat man nie mehr diese Sorte von Spaß, die nur Kinder haben können."

Papa sieht das etwas anders. Er meint, wenn man Kinder zu viel Spaß haben lässt, dann glauben sie, das Leben wäre ein Witz. Ich würde sagen, Opa hat einfach mehr kapiert als Papa. Na ja, er ist ja auch schon ein paar Jahre länger hier auf dieser Welt.

„Wenn Karoline nicht ihren Mann vergrault hätte, dann wären die Kinder hier nicht immer in der Überzahl!“, grummelte Papa.

Tante Karoline fand das gar nicht lustig.

Man muss dazu sagen, dass die Erwachsenen auf dem Kornblumenhof alle verheiratet sind. Alle bis auf Tante Karoline.

„Tante Karoline ist Single“, bemerkte Lolli im Ätschi-Bätschi-Tonfall.

Und Katharina meinte, es müsste eigentlich Singel*in* heißen.

„Ja genau, und du bist eine Besserwisser*in*!“, knurrte ihr Zwillingsbruder Karl-Phillip.

Gleichzeitig erfand Lolli eins von ihren nervigen Miniliedern. „Singelingeling, hier kommt der Eiermann!“